新 潮 文 庫

コンビニ兄弟 2

―テンダネス門司港こがね村店―

町田そのこ著

JN030612

新 潮 社 版

11497

目次

登場人物紹介

志波三彦（ミツ）
九州地方で展開している地域密着型コンビニ・テンダネス
門司港こがね村店の名物店長。
あてられずにはいられない魔性のフェロモンの持ち主。

志波二彦（ツギ）
『なんでも野郎』のツナギを着て
門司港こがね村店によく現れる謎の人物。

志波樹恵琉《じゅえる》
志波５兄妹の末っ子。
兄と同じく周囲をくらりとさせる美貌の持ち主で、
門司港こがね村店のテナントが入っている建物内で事務職をしている。

廣瀬太郎
門司港こがね村店のアルバイト店員。
自分のことを平凡でとるにたらない人間だと思っている。
が、貴重なツッコミ役。

赤じい
真っ赤なオーバーオールを着て三輪車を乗り回す
自称『門司港観光大使』。
その出で立ちの強烈な個性から門司港の名物となっている。

テンダネスとは
九州だけに展開するコンビニチェーンのこと。
『ひとにやさしい、あなたにやさしい（=tenderness）』をモットーとし、
お客様が快適に利用できるように多くの工夫がなされており、
地域性の強いお弁当やスイーツなども販売されている。
特に、門司港こがね村店は店長のたゆまぬ努力と愛情によって
小さいながらも売り上げ上位店であり、店長ファンも数多く訪れる名物店である。

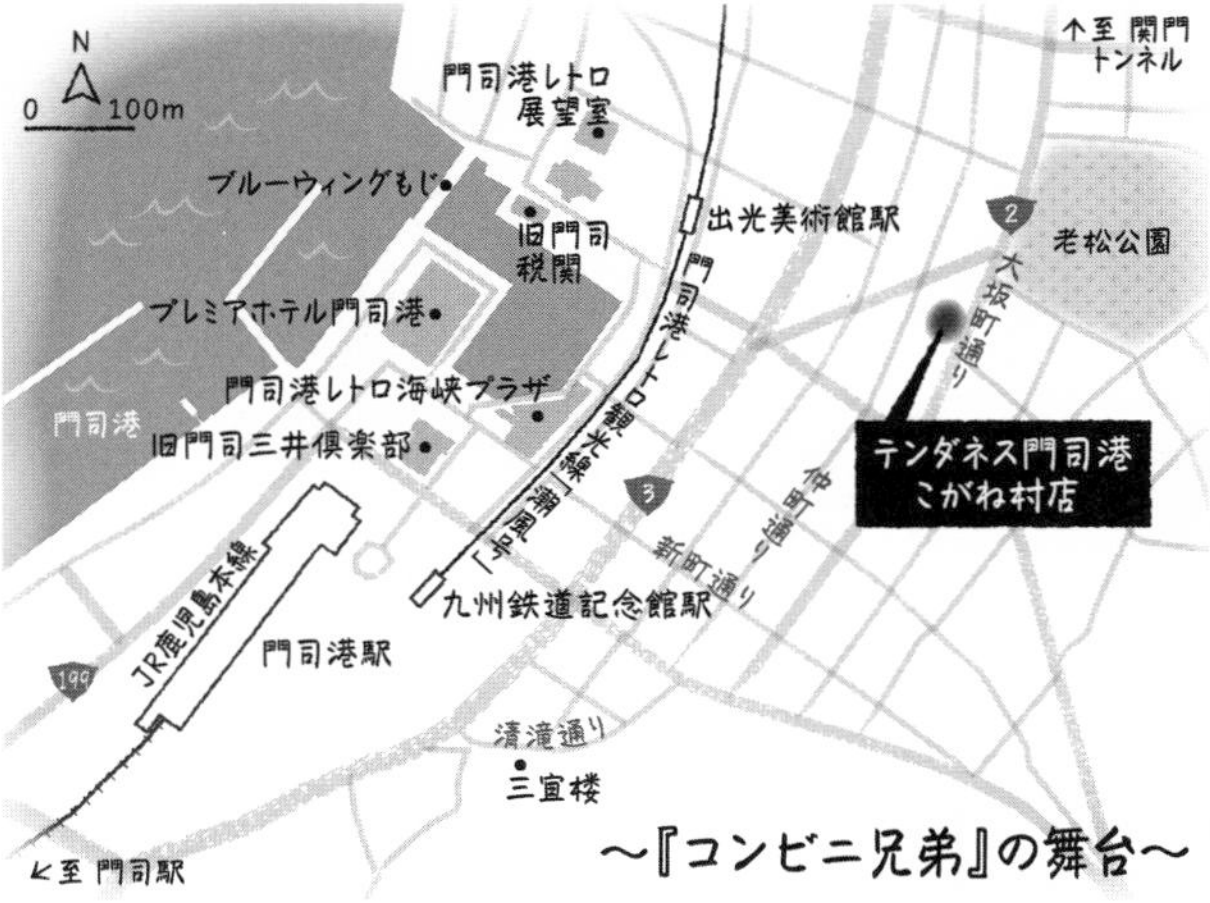

地図製作：アトリエ・プラン

地図原案：宮脇書店ゆめモール下関店　吉井

コンビニ兄弟

テンダネス
門司港
こがね村店

Sonoko Machida
Mojiko Tenderness Brothers

2

プロローグ

「門司港《もじこう》、行きたい……」

　大学も休みに入り、アルバイトしているティーン向けの雑貨店も盆休み中。することがなくて家でごろごろごろごろごろしていたわたしは、ひとをダメにするソファの上で寝そべって独り言《ご》ちた。

「門司港、行きたい……」

　愛車『ピピエンヌ号』を買い、ドライブがてら初めて門司港に行ったのは三ヶ月ほど前のことだ。これまでまったく興味のなかった土地だったけれど、滞在した数時間ですっかり大好きになってしまった。山と海の間に点在するレトロで可愛《かわい》い建物たち。どこか異国のような路地に、活気ある人びと。美味《おい》しい食事。

　そして、あのコンビニ。テンダネス門司港こがね村店……。

　あれからさまざまな場所のコンビニに行ったけれど、あの店と同じくらいわたしを夢中にさせるコンビニは存在しなかった。テンダネスの商品はどこでだって買えるけれど、でもあのテンダネス門司港こがね村店にしか置いていない何かがある。それはもしかしたら、あの店長の醸《かも》す『色気』なのかもしれない。

『いってらっしゃいませ』

帰り際《ぎわ》、彼から微笑《ほほえ》みと共に送られた言葉が頭から離れない。

「門司港、行きたい……」

何度目とも知れない呟《つぶや》きを零《こぼ》していると、ぱかんと頭をはたかれた。

「痛い！　なに！」

見れば、幼馴染《おさななじみ》の鶴田《つるた》牧男《まきお》が仁王立ちしていた。

「うるせえな、さっきから」

「なんだ、マキオか」

「なんだ、じゃねえよ。さっきから玄関先で何度も『こんちわ』って声かけてんのに、誰もいねえじゃねえか」

「あー。いま両親は出かけてる」

「見りゃ分かるわ！　そんで和歌《わか》は寝っ転がって『門司港門司港』繰り返してる。返事くらいしろ」

ほらこれ母ちゃんから、とマキオは〝いきなり団子〟が詰まったタッパーをくれる。マキオのお母さんが思い付きで作るいきなり団子は、涙が出るほど美味しいのだった。

店がひらけるレベルなのに、趣味で終わらせているのがもったいないくらい。だからすぐにタッパーの中からひとつ摑《つか》み、がぶりと嚙《か》んだ。ほどよい甘さの餡《あん》とほっくりしたサツマイモが美味しい。皮のむちむちした感じも、相変わらず絶妙だ。

「うう、美味しい。てかマキオ、あんた暇なの」

大学三年にもなって母親の遣いなんかして、と鼻で笑うと、うわ言繰り返しながら寝転んでた奴《やつ》に言われたくはねえ、と返された。ごもっとも。

「つか何で門司港なんだよ。門司港ってえーっと、北九州だっけ？　お前なんであんなへき地に行きてえの」

マキオが不思議そうに言い、わたしはかっとする。

「へき地？　よく知りもしないくせに、そういう風に言うんじゃねええええええ」

門司港がどれだけ素晴らしいところだと思ってるのだ！　三ヶ月前のプチ旅で知ったよさをわたしはとくと語り、「とにかく最高なんだよ……」と締めくくった。

「わたしは行きたいのさ、門司港に……」

「行けば？」

「そりゃ行きたいけど！　ピピエンヌ号が、ピピエンヌ号が……！」

二ヶ月前のこと、わたしは愛するピピエンヌ号を我が家の田んぼに落としてしまったのだった。ふんふんと鼻歌を歌いながら家に帰っていたところ、いきなり白猫が飛び出してきて慌《あわ》ててハンドルを切ったのが原因。田んぼの一部もだめになり、ピピエンヌ号の引き上げ代と修理代は恐ろしい額になった。ついでに、白猫は単なるビニール袋の見間違いだった。あ、わたしは無傷である。

　手塩にかけて育てているお米をダメにされた父は激怒し、私はピピエンヌ号を取り上げられたのだった。いま、修理から帰って来たピピエンヌ号は納屋《なや》で埃《ほこり》をかぶっている。

「ピピエンヌ号救出のとき、マキオもいたでしょ⁉　行きたくとも行けないんだよ！」

「ふうん。じゃあ、俺が連れてってやろうか」

　ふいに、マキオが言った。

「和歌が気に入ったっていう門司港、どんなところか観《み》てみたいし。俺でいいなら、連れて行ってやるよ」

　そういえばマキオは車を持っている。マキオ父から譲り受けた、古いシビックだ。あずき色をしているから、わたしはマキオの車をあずき号と呼んでいる。

「あずき号、エアコンの効きが悪いんだよね」

「じゃあ連れて行ってやらねえよ」

「行きます」

　そうしてわたしは、恋焦《こ》がれていた門司港の地に向かったのだった。

　久しぶりの門司港は、相変わらず心地よい空気が流れていた。

夏だからだろうか。空も海も青さを増してキラキラしている。潮風が、汗ばんだ肌に心地いい。「へき地」だとバカにしていたマキオも「おー、すげえ！」と声をあげた。

「超観光地じゃん。何あれ、人力車まで走ってる！」

「すごいだろー。いや、わたしの手柄じゃないんだけど」

前回来たときに焼きカレーを食べたのだが、あとで調べてみたらお店ごとにいろいろな個性があるらしいと知った。だからまた別の、目星をつけていた店に行ってみたのだが、驚くほど行列ができていた。すごいねえ、と話しながら並んで待つことにする。

「あっちー。でもこの暑さの中で熱いカレー食うのもオツだよな」

「お、マキオ分かってるねえ。あとでソフトクリームも食べたいな」

「おう、いいぞ。こういうところのソフトクリームって絶対美味《うま》いだろうし」

汗をだらだら流しながら焼きカレーを食べ、それからソフトクリームを舐《な》めながら散策をする。観光客用なのだろうか、潮風号というトロッコ列車があったので乗った。コトコトとのんびり走るトロッコ列車には、小さな子供連れのひとが多かった。そんな中でマキオと乗っていると、不思議な気持ちになった。子どものころ、幼馴染だったわたしたちはこんなふうにくっついていろんな乗り物に乗った。家族どうしで旅行に行ったときなどは、同じ布団《ふとん》で寝ていたこともあった。

「なんだか懐《なつ》かしい感じがしない？」

ふと訊《き》くと、マキオが「うん。街並みとかさ、どこか懐かしいな」と頷《うなず》いた。

「新しいばかりじゃなくて、懐かしいものがある。面白いな」

「そうなんだよ、いいんだよねえ」

マキオとは、ほんの少しの会話でちゃんと伝わる。幼馴染とはいいものだ。ふふふ、と笑うと、マキオが「なんだよー」とわたしの肩を軽く小突いた。

「にやにやしやがって。俺と出かけてんのが楽しいのか」

「やっぱ幼馴染っていいなあとは思ったよ」

「そうだろうそうだろう」

「あ、ていうか喉《のど》渇いた。カレー、辛かったよね」

「まあまあな。列車降りたら飲み物でも買おう。コンビニどっかにあったかな」

マキオが言い、わたしは大事なことを思い出す。

門司港に来た最大の目的は、テンダネス門司港こがね村店に行くことだった!!

「マキオ！　降りたら行くところあるから！」

がっと腕を摑んで言うと、マキオは「お、おう」とたじろいだように言った。

列車を降りてから、記憶を辿《たど》ってテンダネス門司港こがね村店に向かう。数ヶ月前、何気なしに歩いた道が、わたしを歓待するように光り輝いて見えた。

「おい、ここのコンビニでいいんじゃない？」

「だめ。もっと先！」

訝《いぶか》し気についてくるマキオに言って、ずんずん歩く。夏の日差しは強く、こめかみから汗がだらだらと流れた。しかし、歩みは止められない。彼は、いるだろうか。絶対絶対、いてほしい。いますように！

祈りながら歩いていると、視界にテンダネスの看板が飛び込んできた。彼の店のしるしだと思うと、我が家の家紋より尊く思える。頭の中でファンファーレが鳴った気がした。

「あそこ！」

我慢できずに走り出す。マキオが「なんなんだよー」と追ってくる気配がした。

駐車場を走り抜け、店に飛び込む。聞きなれたテンダネスの入店メロディが響く。

「いらっしゃいませ」

やわらかな声がした。耳をやさしく撫《な》でる声。ああ、間違いない。彼だ！

見れば、レジカウンターの中に彼がいた。ゆったりと微笑んでいる。

「わ、イケメン」

わたしの後ろでマキオが呟いたけれど、どこか遠かった。

あー、やっぱこれ恋だわ。

確信してしまった。わたしは、彼に恋してしまったのだ。三ヶ月前の、あのほんの少しの出会いで。信じられないけれど。

「和歌、はよお茶買おうぜ」

マキオの声を聞きながら、レジカウンターに走った。勢いよく駆けるわたしをみて、彼は少しだけ驚いたように、しかしどこか分かっていた風に微笑んだ。ああやめて、そんな風に笑わないで。その笑顔だけで、わたしは運命だと認めてもらった気がしてしまう。

「あの！　わたし大石《おおいし》和歌と言います！　お名前、教えてください！」

恥ずかしいとか、躊躇《ためら》っていられない。彼とわたしの距離はものすごく遠いのだ。一気につめていかないと。彼は微《かす》かに目を瞠《みは》って、それから「志波《しば》です」ととても甘い声で言った。

「志波、三彦《みつひこ》。この店の店長をやっております」

「志波、さん……」

「はい」

にこり。その笑顔は正しくまっすぐにわたしに向けられていて、そう思うと鼻血が出そうになった。わたしは昔から、興奮すると鼻血が出るのだ。だから慌てて上を向いた。

「どうか、なさいました？」

「い、いいえ！　ありがとうございます！」

鼻血を垂らすところなど、万が一にも見られてはならない。しかし確実に垂れる気配がして、わたしは鼻を摘《つま》んで店を飛び出した。ダッシュで店の死角に走り、座り込む。

手を離し、俯《うつむ》いた途端、鮮血が一滴垂れた。

「やばい。すごい」

ただでさえ少ない語彙《ごい》が完全に消えた。とにかく、すごい。すごいやばい。すごい、好き。

「……おい！　和歌！」

マキオの声がして、見ればペットボトルのお茶を二本抱えて走ってくるところだった。

鼻血を垂らしたわたしを見て、すぐにポケットティッシュをくれる。

「どうしたんだよ、って訊こうと思ったけど、分かったわ。お前、あの店員に惚《ほ》れたな」

ティッシュで鼻を拭《ぬぐ》うわたしに、マキオが呆《あき》れたように言う。

「うん。まじで好きみたい。やばい」

「やばい、じゃねえよ。お前昔から、好きな奴の前で鼻血出すよな」

ばっかみてえ、と言いながら、マキオはペットボトルを一本わたしにくれた。空いている方の手で受け取ると、マキオは自分の分を喉を鳴らして飲んだ。

「今度のは、あれ無理だろ。ドラクエでいうところのデスピサロだぞ」

「あー、分かる」

「もう少しレベルに合う奴にしろって」

ティッシュを鼻に詰めて「やだ」と言う。

「絶対やだ。レベル上げればいいんでしょ。頑張る。てかわたし、早いとこピピエンヌ号返してもらわないと。そして門司港に通う。志波さんに、会いに来る！」

志波さん。なんて素敵な名前。一秒でも会えるのなら、熊本と門司港の距離なんてケセラセラだ。宣言すると、マキオがため息を吐いた。

「……れてくるんじゃなかった」

「は？　なに？」

「いきなり団子渡して帰っておけばよかったっつったの」

なんだそりゃ。意味を摑めないでいるわたしをよそに、マキオは「仕方ねえか。仕方ねえよなあ。和歌は昔っから、強いモンスターを倒すのが好きだったもんな」と独り言ちる。

「まだドラクエの話？　当たり前じゃん。てか、ドラクエやってて、一角《いっかく》ウサギを倒して満足できるわけないでしょ」

ガンガン冒険しなきゃ。そう言い足すと、マキオは「雑魚《ざこ》モンスターもレベル上げってできんのかなあ」とまたも意味の分からない呟きを漏らした。なんだ、そんなにドラクエがしたけりゃ、ソフトを貸してあげるけど。

「まあ、とにかくお茶飲めよ。今日、すげえ暑いぞ」

マキオに言われて、ペットボトルに口をつける。喉を、冷たくて甘いお茶がやさしく滑り落ちていった。

「はー、美味しい。ありがと、マキオ」

「飲んだら、帰ろうか。それとも、もう一度店に行く?」

マキオが訊き、わたしは少しだけ考える。志波さんに会いたいけれど、また鼻血を出してはならない。そうだ、少し耐性をつけなくては。素敵なひとを見ても鼻血がでないようにする特訓などないだろうか。

「今日のところは帰る。鼻の粘膜の鍛え方調べなくちゃいけないし」

「何じゃそら」

ふっと顔を上げると、夏の空が広がっていた。抜けるような青さと、入道雲の白が鮮やかだ。恋をするたび、視界が急に鮮やかになる気がする。世界がうつくしく輝き始める気がする。いま、わたしの目に映る世界は、とびきりうつくしい。

「恋の季節が、始まったよ」

宣言するように言うと、マキオが「あーあ、大変だ」とぼやいた。

第一話

恋の考察をグランマと

「好き」はこまめにセーブしないとゲームオーバー。

最近、永田詩乃《ながたしの》が知ったこの世の真実だ。危ないと感じたら「会う《セーブ》」しないとダメ。特に「好き」のレベルの低いうちはもう毎日セーブしないといけない。ちょっとしたことですぐにゲームオーバーになってしまう。思春期は繊細、だなんてよく言うけれど、思春期の「好き」はそれよりもっともっと繊細なのだ。ネットでマンボウは繊細過ぎてすぐ死ぬなんて記事を見たけれど、マンボウと同レベルだと思う。

詩乃の「好き」は、たった二日会わないだけで終わった。夕飯の赤貝の刺身に中《あた》って二日間寝《やす》み、その翌日ふらふらになりながら登校したら、彼氏の金沢大輔《かなざわだいすけ》に『好きな子できたんだ』、とフラれたのだった。詩乃のいない間に二年の先輩に『タイプの顔』と言われ、ＳＮＳのＩＤ交換をし、それでめちゃくちゃ気が合って、もうキスまで済ませてしまった、と大輔に説明され、頭に大量の疑問符が湧《わ》いた。

『あたしの二日間と大輔の二日間ってほんとうに同じ？』

本で言えば乱丁があったのかと思うほど展開がおかしい。しかし大輔は『当たり前だろ』と唇を尖《とが》らせた。詩乃は混乱する頭で大輔を見る。

つまりは、あたしの彼氏はあたしが連絡もできずに苦しんでいた二日間、からだの心配をするわけでもなく、ひとつ年上の女の子に乗り換えてしまっていたってこと？

自分の何がいけなかったのか、詩乃は考えた。キスやその他もろもろ、恋人同士のスキンシップを拒んでいたことだろうか。しかし軽く唇を合わせるだけのキスはするようになったし、高校一年生の付き合いとしてはそんなものでいいのではないのか。それ以上の付き合いをするのはもっと先であろう。自分のからだが成熟しているとは到底思えないし、万が一のときに苦しむのは女だと、中学時代から何度も授業で教わった。しかし、大輔がそんなことで別れを決めたとは思いたくない。寝込んでいる彼女のことがどうでもよくなるほどの運命の出会いを果たした、ってことにしておこうか。

考え込んでいる詩乃をどう捉《とら》えたのか、大輔は『ごめんな』と神妙に頭を下げた。そしてすっと顔を上げると、爽《さわ》やかに微笑《ほほえ》んだ。

『ほんとうに、悪いと思ってる。でも、詩乃はオレがいなくてもひとりでやっていけるよな！』

詩乃は無意識に、ぽかんと口を開けていた。

いま、太古の昔から擦《こす》られすぎた、だっさいセリフを吐いた？

大輔は厨二病《ちゅうにびょう》っぽいところがあるひとだと、詩乃は常々思っていた。愛とか永遠とか、そういう派手な言葉を使いたがるのだ。だからきっと、そういうことが言いたかったただけだろう。しかし、それをほんとうに言うか！　ドン引きした詩乃をどう受け止めたのか、大輔は切なそうに眉根《まゆね》を寄せて『ゆかりは、オレが守ってやんないといけねえからさ……』と言い、物陰からふたりを窺《うかが》っていた新しい彼女の元へ駆けて行ったのだった。それを呆然《ぼうぜん》と目で追う詩乃と目が合ったゆかりは哀《かな》しそうに眉を寄せ、詩乃に口パクで『ごめんね』と言う。そして大輔としっかと手を繋《つな》いでみせたのだった。

詩乃と大輔は、中学三年の春から付き合いだした。そのきっかけは、大輔からの告白だった。

『女の子として、好きだったんだ』

小学校のときからずっと、同じクラスだった。近くにいるのが当たり前で、だからそんな大輔に告白されたとき、やけに気恥ずかしかったのを詩乃はいまも覚えている。詩乃も大輔のことが気になっていたけれど、近すぎて言えなかったのだ。

『オレ、詩乃と同じ高校行きたい。高校も一緒がいい』

大輔はあまり成績が良くなくて、詩乃が目指す進学校は難しかった。しかし詩乃は大輔に『一緒に行こう！』と答え、それからふたりで猛勉強をした。勉強のコツを摑《つか》んだ大輔はぐんぐん成績をあげ、そして、同じ高校に進学した。順風満帆とはなるほどこのことだなあ、と幸福に思っていた詩乃だったけれど、その幸福がこんなにも脆《もろ》いとは。そして、大輔の気持ちがこんなにも薄っぺらなものだったとは。詩乃は去って行くふたりの背中を見ながら、酷《ひど》い扱いを受けたものだなと思った。

あたしはいま、ふたりの「好き」のイベントに体よく使われた。大輔は小学校のころからずっと一緒だったあたしを、あたしとのこれまでのことを、簡単に消費できるんだ。そういうひとだったんだ。

詩乃の中にあった「好き」が、しゅぱっと消えた。それは、やりこんでいたゲームアプリに飽きてアンインストールするときにも似ていた。何でこんなゲームに夢中になってたんだろうという恥ずかしさと、もうこんなものに時間を浪費するのは辞めよう、という淡い決意が入り混じる。己に対する軽い失望を覚えながら、それでも大輔の学力に合わせて志望校のレベルを下げなかっただけマシか、と詩乃は自分を褒めた。恋愛で自分の人生を歪《ゆが》めなかったのは、えらいぞ。

「十代の恋は地上の蟬《せみ》みたいなもんよ。生まれたかと思えばじーじー騒いで、そしてあっという間に終わるものなの！」

大輔と別れてから二週間後の、夕食でのこと。つけっぱなしのテレビから声がして、キーマカレーを食べていた詩乃は、ほほう、と顔を向けた。化粧の濃いおばさんが喋《しゃべ》っていた。

蟬。十代の「好き」はそもそもが短命だということか。最近の自分の疑題に対して新しい答えだ。では、セーブに拘《こだわ》っていても仕方ないのかもしれない。いやでも。

「蟬ねえ、いいことを言う」

向かいのテーブルで晩酌していた父の孝雄《たかお》が、感心したように言った。

「子どもの恋愛なんてろくなもんじゃない。もっとやることがたくさんあるんだ。分かるか、詩乃」

詩乃は適当に頷《うなず》きながら父の前の空き缶を確認した。二本。まだ酔ってはいないか。

「特に若い女は、交際などするもんじゃない。いいか、オレはお前が男と付き合ってるなんてことになったら大反対だからな。過《あやま》ちが起きる前に、相手の親に怒鳴りこみに行ってやる」

「大丈夫、付き合うなんて、そんなことないから」

カレーを食べながら言うと、孝雄は「よし、それを続けなさい」と鷹揚《おうよう》なふりをする。

「蟬の恋でセックスなんて、もってのほか!」

声がして、またテレビに顔を向ける。おばさんがまだ声を張っていた。

「若いせいかどうしても、性欲の暴走になってしまうのよね。好きとか愛してるとか盛り上がるけど、それは99%がただ発情してるだけなの。人間的に成熟していないのに性欲に左右されてしまうのは時代に合ってない、とあたくしは思うのよ。若いうちに生殖活動に取り組まないといけない、なんていうのはいつ死ぬともしれない大昔のことでしかない。いまは、十代にセックスは不要です。そこをまず、分かってちょうだい」

　思わず、うへえ、と言いそうになった。どんな内容であれ、食事どきにいい年をしたおばさんの口から性欲だのセックスだのという言葉が飛び出すのは不快だ。それに、永田家はそういう性的なことはアンタッチャブルなのだった。セックスなんて禁句で、『過ち』というふわっと輪郭を消した言葉しか使わない。

　パパはあたしが何回も男の子とキスをしたって知ったらどうするんだろう。ふと、詩乃は考える。めちゃくちゃ怒るか、軽蔑《けいべつ》してくるか。十代のアイドルが出来ちゃった結婚を発表したときに『なんてふしだらな』と言っていたから『ふしだら』だと言われてしまうのかもしれない。でも、同じく十代でパパになる相手男性が『どんな仕事をしても妻子を守っていきます』とコメントを発表したときには『見どころがある』と言っていた。あたしが男の子で、彼女ができたと言ったら、パパは『よくやった』と言うのではないだろうか。まあ、考えても仕方ないことだけれど。

　そんなことを考えている間にも、おばさんは『セックス』を連呼していた。孝雄がビールのグラスをテーブルに叩《たた》きつける。

「下品な女だな。言ってることはまともだけど、インパクトのある言葉を使えばいいと思ってる。なあ、由美」

孝雄の晩酌の支度を続けていた母の由美が「ほんとうねえ」と気のない返事を返した。

「意味わかんない。十代だって愛くらい分かるし。つーか、ウチはちゃんと子ども愛してるし」

テレビでは、「雪姫（18歳）」という名札を付けた派手な女の子がおばさんに嚙《か》みついていた。彼女が小さな女の子と一緒にいる写真も出て、どうやら十代でできちゃった結婚をしたひとらしい。髪はピンクベージュで派手なネイル、胸の谷間を強調した服で言い返している。孝雄は「これは、この子の親がおかしいな」と憐《あわ》れむように言った。

「親からちゃんと躾《しつ》けられていないんだろうなあ。十代で結婚出産するリスクが分かってない」

「ほんとうねえ」

由美がさっきと同じ口調で、孝雄の前に小鉢をふたつほど置く。その小鉢の中身をちらりと見た孝雄がひとつを脇《わき》に押しやり、もうひとつに箸《はし》を伸ばした。孝雄は晩酌に数品のアテがないとダメで、しかし好き嫌いが多いので手を付けないものもある。詩乃が端にやられた小鉢をちょっと覗《のぞ》いたら、野菜の炊《た》いたんが盛られていた。子どものころ、好き嫌いは許さないと何度となく叱《しか》られたものだが、孝雄は平気で食べ物を選ぶ。

「こりゃ負の連鎖だな。成熟してない人間の子育てなんて、下手なホラー映画よりぞっとする」

孝雄が大げさに身震いしてみせた。

詩乃は黙ってカレーをがつがつと食べた。さっさと食べて、部屋に戻ろう。カレーは少し辛めで、汗が噴き出る。口の中がひりひりしたけれど、構わず押し込んだ。

「ごちそうさま」

言って、立ちあがる。食器を手にダイニングテーブルを離れると、孝雄が「何だ、もう食べ終わったのか」と少しつまらなそうに言った。

「たまには会話をしないと。夕食は家族の団欒《だんらん》の場でもあるんだぞ」

「今日宿題多いから」

キッチンで食器を洗って、乾燥機に入れておく。孝雄の食事の支度が終わった由美が自分のカレーをよそおうとしていた。

「おい由美。母さんはまだか」

「お義母《かあ》さん？ さっき帰ってきたみたいだけど。夕飯できてますよって声はかけたけど、まだ来ないわね」

「最近毎日出かけてるな。友達でもできたのかな。おい、詩乃。ばあちゃん呼んで来い」

孝雄に言われ、「はいはい」とリビングを出る。これまで客間にしていた和室の障子をぽすぽすと叩いて「おばあちゃん、ご飯」と声をかけた。

「詩乃かい。ねえ、あんたちょっと中に入んな」

うきうきした声がして、詩乃は首を傾《かし》げた。二ヶ月ほど前から同居している父方の祖母は、いつもしかめっ面《つら》をしている気難しいひとだ。詩乃は祖母の笑顔を見たことがない。唇をぐっとひん曲げて、眉間《みけん》には深いしわ。最初こそ、お年寄りだからやさしくしないとな、と声をかけてみた。パパは一番風呂《ぶろ》じゃないと怒るんだよ、とか、ママはしょっちゅう惣菜《そうざい》買って来るんだけど、手抜き料理より美味《おい》しいよ、とか。笑ってくれるかと思ったのに、「よく喋る子だね」と億劫《おっくう》そうに言われたので話しかけるのをやめた。いまでは必要最低限の会話しかしていない、のだが、一体どうした。

「えーと、お邪魔しま……」

障子を引いて、中を覗く。その瞬間、詩乃は自分の目を疑った。

「ねえ、どうね？　可愛《かわい》いかねえ？」

祖母、満江《みつえ》の髪がテレビの雪姫さんと同じ色になっていた。

「え、おばあちゃ、それ」

サザエさんの母フネが使っているような古い鏡台の前に座った満江は、鏡の中の自分を様々な角度で眺めながら「こげな色大丈夫かと思ったけど、気持ちが華やかになるっちゃんねえ。パーマも当ててもらったんよ。年取って髪も痩《や》せてしもとったけん、ぺたーんちしとった髪がふんわりして、綿あめみたいになっちょるやろう」と嬉《うれ》しそうに言う。そっと頭に触れる指先は、ラインストーンのちりばめられたジェルネイルに変わっていた。

「え、え、おばあちゃん、どうしたの、一体」

「しみったれた姿で残りの人生過ごすよか、綺麗《きれい》にしていたいち思ったんよ。どうね、詩乃」

満江が笑う。ここに来たときはぼさぼさだった眉が綺麗なアーチを描き、右頬に大きく広がったシミが消えている。メイクもしてもらってきたのだろう、別人じゃないかと思うほど、表情が明るい。いや、ほぼ別人状態だ。今朝、詩乃が顔を合わせたときは白髪交じりのおかっぱ頭で、服は襟元や袖口《そでぐち》のほつれたロングTシャツ。下は総ゴムの幅広ズボンで、背中をぐっと丸めてのたのた歩いていた、はずなのに。

「ねえ、どうね、詩乃」

「え⁉　ああ、ええと」

詩乃は改めて祖母の全体を見まわす。満江の言う通り、ふんわりと綿あめを載せたみたいな髪に、品の良さそうなメイク。服は少し派手で、アジサイの刺繡《ししゅう》入りのワンピーストとトレンカだ。なんと、ペディキュアまでしている！

「えーと、まあいいんじゃん？」

ほんとうのところ、適当に言ったのだった。垢《あか》ぬけた感じはあるけど、見慣れないせいかやりすぎてるような気もする。でも「おかしいよ」とわざわざ言うほど、詩乃と満江の仲はいいわけではない。

満江がぱっと顔を輝かせた。その表情に、詩乃は思わず「おお」と声を出してしまう。一瞬、女の子という感じを受けたのだ。七十八歳の、おばあさんに。

「そうかねそうかね。よかった。この頭にすると服も欲しゅうなってねえ。ほら、ようけ買《こ》うてきた」

満江が示す先には、いくつもの紙袋があった。

「小倉《こくら》っちゃ都会やねえ。洒落《しゃれ》とる店がようけあるし、洒落とるひとも多いわあ。あたしと年の変わらん奥さんが、カカトのたーかい靴履いてしゃんしゃん歩いとった」

しみじみと、満江が言う。あれはちょっとあたしにゃ無理やねえ。五年前に骨折って、足にボルトも入っとるけん、できんわあ。

「おばあちゃん、パパが夕飯食べろって言って……きゃあ！」

満江を呼びに来たのだろう、由美がひょいと顔を覗かせ、そして満江の姿を見て悲鳴を上げた。

「あら、由美さん。どうね、洒落とるやろう」

満江が綿あめに手をやって、笑った。由美は「わあ、わあ」と狼狽《うろた》えて、それから「パパ！」と踵《きびす》を返した。

「ありゃ、驚かしたかね」

ひゃひゃ、と愉快そうに満江が笑った。

由美が呼んできた孝雄は、母親の姿を見て腰を抜かした。その場にへたり込んで、

「母さん、どうしたんだ！」と素《す》っ頓狂《とんきょう》な声を上げる。満江は「可愛いやろ」とわずかに胸を張ってみせ、孝雄は「何言ってるんだ」と叫んだ。

「それ、あれだろ。パーティ用のかつらとか、そういうやつだろ？」

「ばかだね、地毛だよ」

ほれ、と満江が髪を摑んで引っ張ってみせる。薄ピンク色の頭皮がちらちら見え、もちろん綿あめは千切れなかった。孝雄が「うそだろ」と頭を抱える。

「おばあちゃん、急にどうしたの。いままでずっと質素倹約で生きてきて、白髪染めも無駄だって言って、したことなかったでしょ」

おどおどと由美が言う。満江はお洒落とは無縁のひと、それが永田家の共通認識だった。口癖のように、ひとは倹《つま》しくあるべきだと言っていたし、おしゃれ着というものをまったく持っていない。特別な日は、ぱりっとアイロンをかけたカッターシャツに黒のブレザーを着るだけ。アクセサリーの類《たぐい》もつけない。

「由美、白髪染め買って来い」

孝雄が言う。母さん、さっさと染め直せよ。それで近所を歩かれたらたまったもんじ

ゃない。その言葉に、笑顔だった満江がさっと顔色を変えた。

「ばか言わんどって！　せっかく綺麗にしてもろうたとに、何言うと！」

「ばかは母さんだろう。浮かれた格好して、どうかしてる。あれか？　頭でも打ったんじゃないだろうな。由美、明日病院で診てもらったほうがいいと思う。連れて行っといてくれ」

「あらパパ、私明日はパート入ってるの。急には休めないわよ」

「パートが何だよ。母さんの病気のほうが大事だろう」

「私だって簡単に休めないわよ」

「あんたたち、勝手言わんどって！　あたしは病気やなかとよ。自分で決めてやったんよ！」

　三人が口論を始める。詩乃は火の粉を浴びてはならないと、そっと廊下に出て離れたところで様子を窺った。部屋に戻ってもよかったけれど、展開も気になるのだった。

「母さん、いい加減にしてくれよ。そんなみっともない格好、情けないよ」

「あんたにあたしの服装をあれこれ縛る権利はないわね。下着姿や汚れたまんまやったらそりゃ文句言われても仕方ないけど、清潔感は気にしとるつもりよ。ほら、爪《つめ》も伸ばしてはないとよ」

「うわぁ！　なんだその爪！」

　孝雄がお化けでも見たような情けない声を出す。

「なあ母さん、急にどうしたんだよ。オレが納得する理由があるならいいけど、そんなもんないだろう?」

　眉間のしわがすっかり戻って来た満江が、「は?」とますます溝を深くする。かと思えば、ふわっと顔が柔らかくなった。頬がぽっと染まる。

「おばあちゃん? どうかしたの?」

　由美が首を傾げる。満江は少しだけ躊躇《ためら》った後、「……だよ」とさっきまでの勢いが嘘《うそ》のようにしおらしく言った。孝雄が「何だって?」と耳の傍に手を添える仕草をする。

「あたし、好きなひとができたんよ」

　今日いち、大きな声で孝雄が叫んだ。


　激高した孝雄は満江を詰問《きつもん》したが、満江は頑《かたく》なに詳しいこと——特に好きな相手に関しては話さなかった。ただ、好きなひとができたからそのひとの為《ため》に綺麗でいたいだけだ、と繰り返した。高血圧で降圧剤を飲んでいる孝雄は頭に血が上りすぎたのか卒倒しかけ、慌《あわ》てた由美がストップをかけたことで話はいったん終わったのだが、しかし翌朝、綿あめの髪で起きてきた満江を見て孝雄はまた卒倒しかけたのだった。

「ああ、悪夢だと信じたかったのに! 母さん、どうしたんだよ。ほんとうに、何かこう、病気じゃないのか。言いたかないけど、認知症の初期症状とか」

「ばかにせんどくれ。あたしはまだまだしっかりしとるよ。なんたって、ひとを好きになったくらい、充実しとるんやけん」

詩乃は昨日の残りのカレーを食べながら口論を横目で見て、そして食べ終わったころに孝雄に「仕事遅れるよ」と言った。

「あ！　もうこんな時間じゃないか。母さん、頼むから今夜オレが帰ってくるときには髪を元に戻してくれよ。いらない問題抱えさせるなよな」

孝雄はばたばたと家を出て行き、すぐに車庫のほうで車が発進する気配がした。

「ねえ詩乃、ここのあたり見て。今朝自分でセットしてみたとよ。なかなか上手《うま》かろうもん」

満江は息子が怒っていることなど、どうでもよさげだった。ひとが変わったようににこにこと笑い、つむじのあたりをふわっとさせるのが難しかった、というようなことを話した。

「へえ、うまいんじゃない？」

美容室帰りの昨日と遜色《そんしょく》がない。詩乃が言うと、満江は「そやろ」とはにかんだ。

「おばあちゃん、髪そのままにするの？」

声がして、見ればパートに出る支度をしていたはずの由美が迷惑そうな顔をして立っていた。

「私、困るわ。パパの機嫌が悪くなるんだもの」

「そんなこと知らないよ。だいたい、なんであたしが孝雄の機嫌を取らなきゃいけないんだい」

「まあそうなんだけど。でも私も困るの」

由美がため息を吐《つ》いた。孝雄は機嫌を悪くすると、妻や娘に八つ当たりしてくるのだ。そして八つ当たりの八割を負担するのは、由美だった。

満江がむっとしたように由美を睨《にら》みつけた。

「あたしのすることに、困るも困らないもないんよ。そもそもねえ、あたしがここに来たのはあんたたちが頭下げてきたからやないね。自分の都合で呼んどいて、生活を縛るなんて何様ね！」

「何様って、でも家族なんだから折り合いをつけてくれてもいいでしょ」

由美がうんざりした声で言った。

そもそも満江が同居することになったのは、半年前に孝雄がリストラされたからだった。孝雄は課長で、だから自分はリストラの対象にならないと思っていたようだが、それは勝手な思い込みだった。幸いにも同じ業界の別の会社に再就職できたが、給料は激減。出世を見込んでお洒落な北欧風の注文住宅を建てていたが、それが家計を苦しめた。

そして悩んだ孝雄は、夫に早々と先立たれ、佐賀でひとり暮らしをしていた母に、家や田畑を売ってくれと頼んだのだ。そのお金を家のローンに充《あ》てさせてくれ、と。このままでは家を売り、家族で路頭に迷ってしまうと言われ、満江は仕方なしに全部を処分して、北九州市門司《もじ》区《く》に移り住んで来たのだった。

「あたしにだってちゃんと友達もいた。何十年も住んだ、住み慣れた土地を捨てさせといて、ちょっとの我儘《わがまま》も許さんちどういうことな⁉」

「それは、まあ申し訳ないなっていう気持ちはありますよ」

由美が渋々と頭を下げる。家を誰よりも愛しているのは、他でもない由美だった。普段は孝雄の言うことに従う由美だが、この家を手放すことなんて絶対あり得ないから、と声高に言っていたものだ。

「でもねえ、お義母さんだってもうお年だし、いずれは同居になったと思うのよ。そのときに私たちがアパート住まいだったらお義母さんだって困るでしょ？　それに、一言相談してくれたらよかったのよ。こっちだって心の準備っていうのが欲しいわよ」

「あたしは老人ホームだって何だってひとりで手配できるわね！　それに、相談したら何してもよかったんな？　違うくせに！」

満江が声を荒らげ、由美が「限度ってモノがあるでしょうよ」と顔を背ける。

「年甲斐《としがい》もなく派手にされて、恥ずかしいったら。こっちにもご近所に対するメンツってのがあるんです」

「いい年して自分たちの金の始末もできんあんたたちに、どんなメンツがあるんな⁉」

「あら、それは私のせいじゃないもの。結婚するときに、私にお金の苦労はかけないって孝雄さんが言ったんだから、あのひとに言ってくださいな。家計の為にパートをしていることだって、ほんとうは嫌なのに。私はちゃんと、妻としての仕事はしてます！　だいたい、あのひとが横暴な性格なの、お義母さんの責任じゃないかしら？　いまどきあんな亭主関白ぶるひとなんていないわ」

それを眺めていた詩乃は黙って立ち上がった。こういうときはさっさと学校に行くに限る。

しかし学校も、決して楽しい場所ではないのだった。

詩乃が教室に入ろうとすると、教室前の廊下に大輔とゆかりがいた。互いの腰に両腕を回してべっとりくっついている。場所を弁《わきま》えろ！　とふたりの頭をはたきそうになるのをぐっと堪《こら》えて教室に入り、窓際《まどぎわ》の自分の席に向かう。詩乃の友達である湊《みなと》と璃子《りこ》が、挨拶《あいさつ》より先に「今朝もやばいねー」と言ってきた。

「あいつらが付き合いだしてもう二週間だっけ？　毎朝毎朝、まじで勘弁してほしい。そろそろ公然わいせつ罪で摘発できるんじゃないの？」

「ていうか発情期かよ！　って感じ。金沢くんさ、センパイのがやらせてくれそうだから乗り換えたんじゃない？　てかもうやっちゃったかな」

にやにやと口元を緩ませて言うふたりに、詩乃は曖昧《あいまい》に笑って返す。

「さあ、どうだろうね」

一緒になって悪口を言いたいのはやまやまだった。気持ちはすっかり冷めたとはいえ、少しは気遣いを見せてもいいのではないか。こっちはいま『フラれた女』というありがたくない肩書がついてしまってるし、どこかで傷ついた顔を見せるのではないかと下衆《げす》な目で見られてもいるのだ。けれど、何かアクションを起こすことで、あのふたりと同レベルに堕《お》ちてしまう気がして何もできない。僻《ひが》んでる、なんて思われたくない。

「いやまじであのふたりヤバいって。てかレベル低いよね。性欲に支配されてるサル」

「ゆかり先輩、彼氏が途絶えたことないらしいよ。たいして可愛くもないから絶対カラダ目的だよね」

くすくすと笑いあう二人の顔に、詩乃は嫌悪《けんお》を覚える。あたしのために言ってくれるのならまだ嬉しいと思えるけど、そうじゃないよね。自分たちの好奇心や歪んだ感情にあたしを巻き込んでいるだけだよね。あんたたちも、大輔とおんなじことをあたしにしてるって分かってる？

怒鳴りそうになって、でもそんなことをできる思い切りもない詩乃は「あー、ごめん。何か朝から気分悪いんだった」と辛《つら》そうな声を出して言った。

「吐き気が止まんなくてさ、今日はもう無理そう。帰る」

「えーまじ？　てかあいつらのせいじゃないの」

「そうそう。あのバカップルにやられたんだよ。かわいそー」

口々に言うふたりに「まさか、そんなわけないじゃない」と笑ってみせる。

「ほんとに具合悪いの。赤貝に中ってから、お腹《なか》の調子よくないんだよね。貝って中ると酷いっていうけどほんとだね」

「はー、貝ね。ほんと、金沢くんのことは平気なんだね」

湊が鼻白んだように言った。璃子も「ふうん」と素っ気なく呟《つぶや》く。

「てなわけでごめん。早退するって先生に伝えといて」

言って、踵を返す。さっきと同じ状態で教室から詩乃が出てきたことに気付いた大輔が不思議そうな顔をするのを横目で見て、通り過ぎた。

登校してくる生徒たちと逆方向に進みながら、詩乃は自身に驚いていた。学校を気分で早退するなんて、初めてのことだった。これまでは、少しくらい体調が思わしくなくても学校に行っていたものだ。

戻った方がいいかも、そんなことを思いもしたけれど、学校から離れるにつれて罪悪感はどんどん薄まっていった。逆に「あたしって追い詰められてたのかな」なんてことを考えるようになった。家も学校も、いるだけでストレスが溜《た》まる。

「あ、そうだ」

家に帰ろうと思ったけれど、しかし急にひとが変わってしまった満江と顔を合わせるのは嫌だった。朝まで渋い顔をして唇を曲げていたひとが笑顔で『詩乃、詩乃』と呼んでくるのは、どうも気持ち悪い。孝雄は病気を疑っていたけれど、性格が明るくなる病気なんてあるのだろうか。

家に帰りたくないし、学校にも戻りたくない。家の近くの公園まで戻り、また学校近くのコンビニまで向かう。行くあてもなくうろうろしていた詩乃は、気付けば門司駅の前に立っていた。

「どっか、行こうかな」

ぽつりと呟く。小倉駅まで出ようか。カフェに入ってもいいし、そうだ、市立図書館にでも行こうかな。あそこなら一日中過ごせそうだ。

しかし詩乃が乗ったのは、一駅向こうで終点になる、門司港行きの電車だった。通学や出勤の時刻を過ぎた車内はひとがあまり多くなく、のんびりとしていた。座席に座り、外を眺める。車窓の向こうに広がる海は、夏を目前にした日差しを浴びてキラキラしている。タンカーがゆっくりと進んでいるのが見えた。このまま遠くまで行けたら気持ちがいいだろうな。そんな風に詩乃は思ったけれど、とても早く、電車は終点のモダンな駅舎に滑り込んでしまった。

門司港駅に来たのは、久しぶりだった。中学一年生のときに家族でふぐを食べに訪れたのが最後だっただろうか。北九州を代表する観光地であると知ってはいるけれど、地元に住む者としては特に目新しいものはない、と思う。大輔とのデートも、友達と遊びに行くのも、もっぱら小倉駅周辺だった。

駅舎の中にある、同じくモダンなスターバックスの佇《たたず》まいを何となしに眺めてから外に出ると、駅前広場に設置された噴水がタイミングよく吹き上がった。

「おお、綺麗」

こんな仕掛けがあるなんて、知らなかった。リズミカルな水の動きが止まるまで眺めたのち、左手の海側の方へ歩き出す。平日だというのに、観光客らしきひとの姿をちらほら見かけた。駅舎や、客待ちをしている人力車の引手の男性たちを写真に収めている。

「ふうん」

若いカップルの姿もある。いまの季節にはまだ早いだろう、リゾート風のキャミソールワンピースを着た女の子が、男の子と腕を組んでいる。人目を気にせず顔を近づけて囁《ささや》き合うように会話をしているのを見て、詩乃の心に黒い影が差す。見ないふりをして、そのまま海辺までずんずんと歩いた。

海に沿った道路はレンガでうつくしく整備されている。下関と繋がる白い関門橋が、太陽の光を浴びて輝いていた。空と海の澄んだ青と、夏を待つ白い雲、鮮やかな新緑が眩《まぶ》しかった。

　こんな風にゆっくりと景色を眺めたのは、もしかしたら初めてかもしれない。しばらく立ち尽くしていた詩乃だったが、どこからか『跳ね橋が上がります』とアナウンスが聞こえて周囲を見回した。

「あ」

　遠くで、ゆっくりと橋が跳ね上がるのが見えた。

「あー、あれだ。恋人のなんちゃら」

〝ブルーウィングもじ〟という名の、日本最大級の跳ね橋だ。一日に何回か開閉して、その間に船を往来させる。上がっていた橋が再び繋がったときに、最初に橋を渡ったカップルは一生結ばれるというジンクスがあって、『恋人の聖地』とも呼ばれている。そうだ、付き合い始めのころ大輔に誘われた記憶がある。繋がった瞬間ダッシュしようぜ、と言われ、恥ずかしくて断った。あのとき頷いていたら、何か変わっただろうか。

　跳ね上がった橋の袂《たもと》では、何人かのひとたちが写真を撮っていた。その中に、さきほど見かけたカップルもいた。男の子が「オレが背負っていくけん」と大きな声で言っている。ちらりと見たら、女の子は八センチはありそうなピンヒールを履いていた。

　踵を返して、今度は門司港レトロ海峡プラザのほうへ足を向けた。門司港レトロ地区、と呼ばれる区域の中心地で、お土産屋やショップ、飲食店が立ち並んでいる。休日ともなれば観光客で溢《あふ》れる場所で、地元情報番組でもよく取り上げられている。店頭に並ぶご当地お菓子や見慣れぬ景色、どこか浮ついた雰囲気のひとたちを眺めていると、とても近くなのに遠く知らない場所を歩いているような気分になってきた。日常とは違う、非日常感。自分も浮ついてきた気がして、足取りが軽くなる。黄色と黒のバナナの着ぐるみを着た男性二人組の像――片方はサングラス、片方はすこしいかめしい顔をしている通称バナナマンの前あたりでは、記念写真を撮ってくれないかと小さな子どもを抱えた夫婦に頼まれた。両親はニコニコと笑っていたけれど、子どものほうは不思議そうな顔をしてバナナマンを見ていた。その姿を携帯電話のカメラに収めて、「それでこれって誰なんですか」「いや、知らないです」と会話をしていると、視界の端に綿あめが見えた気がした。

「へ？」

　驚いて、声を上げる。いま、祖母みたいな頭を見やしなかったか。いやまさかそんなはずはない。自宅のある門司からここまでは徒歩で来られる距離ではないし、そもそも祖母は門司港に用がないはずだ。観光地だから気になった？　まさか。越してきてしばらくは、近所に散歩に行くのも面倒くさがっていたはずだ。

「どうかしました？」

「あ、いえ別に。では失礼します」

夫婦と子どもに頭を下げて、別れた。

まあ見間違いだろう。そう頭を切り換えて、詩乃は携帯電話を取りだした。

「あたしも、門司港観光しよう」

何となくやって来た、たいしたものはないと思っていた場所だった。けれど、来てみればわくわくしている自分がいた。

門司港のいいところは、歩いていける距離にさまざまなものがあることだ。詩乃は携帯の情報を見ながらそう感じた。重厚感のある、歴史とうつくしさが同居する建物がそこかしこに立っている。展示されている家具や調度品も、目を瞠《みは》るものばかりだ。大正ロマン系のゲームに一時期没頭していたことがあるが、そのゲームの世界観そのままといった部屋もあって、思わずうっとりした。

「いいじゃん、いいじゃん」

心のどこかにあった、学校をさぼっているという罪悪感はきれいさっぱり消えていた。そして心は軽くなっていて、これがあたしのリフレッシュなのだ、という意識も出てきた。

「出光《いでみつ》美術館なんてあったのか。行ってみるかなー、どうしようかな」

道端のガードレールに軽く腰掛け、携帯電話で情報を探す。お小遣い制である以上、贅沢《ぜいたく》はできない。するとふと、『あそこはテンダネスがやばい』というSNSのコメントに辿《たど》り着いた。テンダネス？　コンビニの？　首を傾げてそのコメントをもう一度見ようとしたら、どうしてだかすぐに『削除されました』と表示された。

「は？」

意味が分からない。幻でも見たというのか。さっきは祖母のような頭も見たし、謎《なぞ》の土地なのか。しばらくSNSの捜索をしていた詩乃だったが、「何してんだ」とはっと気づいてやめた。いくら目的もなくうろついているとはいえ、あまりに無駄すぎる。

「あー、でもお腹空《す》いた」

気付けば時刻は十四時を回っていた。何時間歩いてたんだ、と自身に呆《あき》れながら、詩乃は周囲を見回した。コンビニでおにぎりとお茶を買って、どこか適当なところで食べよう。

コンビニを意識しながら歩いていると、遠くに『テンダネス』の看板がみえた。さっきの幻の書き込みを思い出し、まあそこでいいや、と向かった詩乃は駐車場に入ったところで目を疑った。

そのテンダネスは、マンションの一階に入っていた。通路を挟んだ隣はクリーニング店と空き店舗。二階にも何か店舗が入っているようで、三階からが住居といったところだろうか。ごく普通の佇まいであるが、しかしテンダネスの前には数人のおばあさんに囲まれた男性店員——制服を着ているのでそうだと思われる——がいた。何故《なぜ》か、男性は真っ赤なバラの花束を抱えている。

「困ったな。こんなに素敵な花束を頂けるなんて」

やわらかそうな髪に片手を当てて小首を傾げる男性店員は、やけに整った顔をしていた。手足がすらりと長く、背もそれに見合うくらい高い。それでいて顔は小さくて、もしかして俳優か何かだろうか、と詩乃は思う。

北九州市はテレビドラマや映画の撮影地になることが多い土地で、詩乃も一度、映画のエキストラに申し込んだことがある。人気男性アイドルを遠目で見られるチャンスだったのだが、そのぶん競争率も高かったのだろう、採用通知は来なかった。採用通知が来たクラスメイトは俳優陣がどれだけキラキラしていて人間離れしていたかという話を何度も繰り返していて、彼はその聞き飽きた言葉たちにぴったり合うような気がする。

やだ、これってまさか撮影の途中？　詩乃は慌てて周囲を見回したが、しかし誰もいない。訝《いぶか》しんで彼らに視線を戻せば、おばあさんたちはきゃっきゃと男性店員に話しかけていた。

「もー、こんなにバラが似合う男はなかなかいないよお。みっちゃんったらほんとに色男なんだから。どんだけあたしらの心を奪えば気が済むの」

「財産全部あげちゃっても構わないよ。ねえ」

髪を鮮やかな紫に染めたおばあさんが、輪の端っこにいたおばあさんに声をかける。

顔を真っ赤にしてこくこくと頷いているそのひとは、他でもない満江だった。

「おばあちゃん!?」

驚きすぎて、詩乃は思わず叫んでいた。どうして祖母が、門司港のコンビニなんかにいるのだ。

「え？　あ、あら、詩乃!?」

満江は目を丸くして、それから「あら、あらどうして、あら」と声を上げた。

「あ、あんたここで何してんの。学校は!?」

狼狽えた声で訊《き》かれ、詩乃は内心ぐっと焦《あせ》る。しかしさぼったとも言えないので「今日は職員会議とかで早く終わったの！」と叫んで誤魔化す。

紫のひとが「あら、あなた満江ちゃんのお孫さんなの？」とにこやかに話しかけてくる。

「はじめまして、私は、こがね村に住んでる山井と言います。満江ちゃんとは最近仲良くさせて頂いていて。ねえ」

他のひとたちに同意を求めるように言うと、みんな頷く。どのひとも満江と年が近そうで、そしてとてもお洒落だった。髪も爪も、きちんと手入れされている。

「ああ、満江さんの。はじめまして、志波《しば》三彦《みつひこ》と言います。テンダネス門司港こがね村店で店長をしています」

バラを抱えた男がにっこりと微笑んだ。

「うわこわ」

詩乃は一歩後ずさった。いま顔から目に見えないものを噴霧してきた、そんな気がした。件《くだん》のクラスメイト曰《いわ》く、俳優たちは下手に近付いたら火傷《やけど》するんじゃないかと思うほどのオーラを放っていたという。同じ人間なのにそんなことがほんとうにあるのだろうか、と疑問に思っていた。けれど、そういうこともあるのかもしれない。だって目の前のひとは明らかに何かかけてきた。無味無臭の、でも何らかの効果をもたらす何かを。

それは詩乃の勘違いではない。近くにいたおばあさんたちは目を細めて「ほほほ」と笑った。とびきり美味しいものを食べたときや生まれたての赤ちゃんを見たときのような、反射的に湧くタイプの笑みだった。

「みっちゃん、またそんなことをするんだから。若い子にはもう少し距離を取って笑いかけないと逃げられるわよ」

「そうそう。それで、この間若い子がお会計も忘れてお店を飛びだしていったばっかりじゃないの」

楽しそうに笑う彼女たちは、「怪しいけど、ほんとうにここのテンダネスの店長さんなのよ」と詩乃に言った。

「本人は心を込めて接客しているの。だけど、ちょっと刺激的なのよねえ。あたしたちみたいに感覚が少し鈍ってきた女には、ちょうどいいんだけど」

「大昔には三三九度の酒で頭がふらふらしたってのに、いまじゃ日本酒の冷やが水あめみたいに感じるもんねえ」

詩乃は「はあ、日本酒」と曖昧に返事を返し、それからおばあさんたちの間で顔を赤くしたり青くしたりしている満江を見た。

「おばあちゃんは、どうしてここにいるの」

「満江ちゃんは、ファンクラブの新規メンバーなのよ」

満江より先に、山井が言った。

「この間海峡プラザでぼうっとしているところをみっちゃんにナンパされて、一目惚《ひとめぼ》れなのよね」

「ええ、そんな、ぼくはそういうつもりじゃ」

志波が狼狽え、それから詩乃に「あのですね、満江さんは貧血を起こされていたんですよ」と言う。その声は、楽器かと思うほど低くまろやかに響いた。え、このひと声すらヤバくない？　と思う。おばあさんのたとえに従えば、これはもうウォッカとかテキーラレベルでしょ。

「道の端に座り込まれていたので、心配になってお声がけしたんです。ご自宅が遠いということでしたのでお店のイートインスペースで休憩してもらって」

そうでしたよね？　と志波が言い、おばあさんたちが笑って認める。

「自分が住む街を知ろうと思って散歩してたら、疲れちゃったのさ」

満江が気恥ずかしそうに顔を背けて言った。

「志波さんも、こがね村婦人会のひともあんまりやさしくしてくれるけん、嬉しかったとよ。ああ、ここでも生きていけるなあち、思ったん」

なあに言ってんの、と山井が満江の背中を撫《な》でた。品の良いワンピースのおばあさんは「あたしたちも同志が増えて嬉しいのよ」と言う。

「毎日とっても張り合いがある。ねえ、このみっちゃんの抱いてるお花を見て。満江ちゃんのプレゼントよ」

「ああ、それはその、助けてくれたお礼をしたいって言うたら、みんなが志波さんを飾る物をプレゼントしたらって言うけん」

満江がからだをますます縮こまらせる。こげんうつくしいひとにはやっぱりバラかち思うて。でもあたし、よう分からんからおかしかったでしょか。ひとにプレゼントしたことも、されたこともないもんやけん、こういうときにぴしゃんと決まるようなものがよう分からん。

詩乃は消え入りそうな声で言う祖母をまじまじと見た。目の前にいるひとはほんとうに満江なのか。仏頂面《ぶっちょうづら》で面白みがなくて、そんなひとだったはずだ。

「ぼくは嬉しいですよ。バラが似合うだなんて言われてこんなに綺麗な花束を渡されて、胸が震えます」

志波が言い、「ほんとうよ。あたしたちも華やかさのおこぼれもらえとるわ」とおばあさんたちが言う。

「ああ、そうだ。頂いたもので失礼かもしれませんが」

花束からバラを一本抜いた志波が、満江にすっと差し出した。

「ぼくだけでこんなにうつくしいものを独占するのはもったいない。一緒に、飾りましょう」

ね、と微笑む志波に、満江は「ひゃあ」とか細い悲鳴を上げ、おずおずと手を差し出した。

「ぼくも部屋と、店に飾ります。素敵なものを、ありがとう」

志波は次に山井へ、次にワンピースのひとへとバラを一輪ずつ手渡してゆく。その度に女性たちは「はあ、みっちゃんいい男」「寿命が延びる思いだわ」と頬を染めて言った。

「しのさんも、どうぞ」

最後に詩乃にバラを差し出してくる。詩乃は「はあまあどうも」と呟いて受け取った。自分の手に渡った途端、鮮やかだったバラが少しだけくすんで見えた。こんなにもバラが似合う、バラの色味さえ輝かせる男がいるのか。ゲームの王子様キャラかよ、と脳内で突っ込む。

それから、詩乃は志波が背にしたコンビニにちらりと目を向けた。自宅の近くにもあるテンダネスとさして変わりがない。本物のテンダネスに見えるけれど、テンダネスを騙《かた》ったホストクラブではあるまいな、と思ったのだった。

そのとき、店の中から坊主頭《ぼうずあたま》の男性店員が顔を出した。こちらはごくごく普通の男性だ。とびきりイケメンというわけでもないし、ホストというタイプでもなさそうだ。彼は接客業にあるまじき、不機嫌さＭＡＸな顔をして「テンチョー！」と声を上げた。声も、普通である。

「そろそろ仕事してくんねえすか。オレ休憩いけねえんすけど」

「あ！　そうだった。ごめんねごめんね、廣瀬《ひろせ》くん」

志波は慌てて頭を下げ、それから申し訳なさそうに「では、仕事がありますので」と言った。

「満江さん、今日はありがとうございます。でも、もうこんなことしてくださらなくて大丈夫ですからね。ぼくはあなたたちが元気な顔を見せて下さるだけで、嬉しいんですから」

歯の浮くような甘い言葉を息を吐くようにさらりと言って、志波はバラを抱えて店内に駆け込んでいった。

「はー、みっちゃん、今日も素敵だった」

山井がしみじみと言い、それから「今日は、あたしの家に来なさいよ」とみんなに言った。

「バラもさ、はよ花瓶に差したほうがいいけん。お孫ちゃんもいらっしゃい。貰《もら》いものの河豚最中《ふぐもなか》があるけん、食べていき」

それから詩乃は流されるままに、コンビニの上――ビルの五階にある部屋についていった。

彼女たちの話から、詩乃はいくつかのことを知った。ここは高齢者専用のマンション〝こがね村ビル〟であること。そしてさっきの志波のファンクラブが存在している、ということ。クラブを構成しているのは主にこのこがね村ビルの住人たちで、まれに外部のひともいること。そして祖母の満江が、最近そのファンクラブに加入したということ。

「ファンクラブ……」

「そう。みっちゃんのためにコンビニの治安を守るのが主な仕事なの。イートインスペースや駐車場の清掃とか、あとは見回りだわね。ときどきみっちゃんをつけ狙《ねら》う不届きな輩《やから》がいるの。満江さんはみっちゃんのお役に立ちたいって言ってくれて、それで加入してもらったってわけ」

「満江ちゃんはこっちに越してきて、お友達もいないって言うやない？　きっとみっちゃんがあたしたちに引き合わせてくれたと思うんよ。ここにはたくさん友達になれそうなひとがおるけん」

ふふと笑うひとたちの中で、満江はどこか恥ずかしそうにしていた。

「祖母がこんなに変わったのって、皆さんとお知り合いになったからですか」

思わず訊いた。彼女たちはタイプこそ違えどとても綺麗に自身を整えていた。みんな髪は艶々《つやつや》だし、手から足先まで手をかけているのが窺《うかが》えた。ワンピースのひとの爪は金色のレース模様が華やかだし、ほかにも優しい百合《ゆり》の香りを纏《まと》っているひともいる。祖母は彼女たちと知り合って、何かに目覚めたのだと詩乃は思った。しかし彼女たちは「どうかねえ。こんなにいい影響を与えたっていうなら、まあ光栄だけど」と言った。

「でもやっぱ一番はみっちゃんでしょう。あのひとは、あたしたちの細かい変化に気付いては丁寧に褒めてくれるんよ。誰かが自分のことを見てくれていて、ほんの少しのことでも一緒に喜んでくれるのは、嬉しいものなんよ」

「この年になっても、褒めてくれるひとがいるってしあわせなことなんよねえ。毎日がぐーっと明るくなって」

ねえ、満江ちゃん。そう水を向けられて、満江は「ええ」と頷《うなず》いた。

「爪のかたちが綺麗、だなんて初めて言われて最初は驚いたなあ。出来心で磨いてみたらますます綺麗じゃて言ってくれるもんやけん、次はああしよう、もっとこうしよう、って」

え、と詩乃は小さく声を漏らした。祖母の変化は昨日からだと思っていたけれど、違ったというのか。でも、思い返してもここ数日の姿や様子さえ思い出せないのだった。爪を磨いていたなんて、知らない。こんな所まで通っていたなんて知らない。

「最初はあんまりにも暗い顔しとったけんねえ、病気か何かかと思ったもんよ。でもどんどん明るくなってよかったわねえ。知り合いがいないってのは寂しいもんやけんね」

「そうそう、慣れない土地ってのもしんどいけんねえ。ほら、大塚《おおつか》さんとこの旦那《だんな》さんも名古屋からこっちに越してきたばかりのときはえらい寂しそうやったよ」

「あー、多喜二《たきじ》さん。いまじゃすっかり釣り好きになってから」

話題はすぐに別方向へ流れていき、取り残された詩乃は出された最中を齧《かじ》る。胸の中にひゅうひゅうと隙間風《すきまかぜ》が通るような気がした。

おばあちゃんもそりゃしんどかったよな、と詩乃は思う。今朝だって言ってたじゃないか。友達もいた、何十年も住んでいた土地を捨ててきた、と。知り合いは息子家族しかいなくて、そしてその家族は祖母を労《いた》わっただろうか。父も母も、自分自身も、祖母の寂しさや辛さを考えていなかった。「大丈夫?」とか「慣れた?」とか訊いていたけれど、心底気遣ってはいなかった。こちらの都合で不便を強いていたのに。どんな変化も見逃していた。

満江が微笑《ほほえ》んで話しているのを見る。口調もやわらかく、穏やかで優しいおばあさんそのものだった。昨日は少しちぐはぐに見えた綿あめの髪も、服も、とても似合っている。

ああ、笑わなかったのも、つっけんどんだったのも、心を開けなかっただけなんだ。祖母だから、孫だからで無条件に心を解放してくれるわけ、ないのだ。

思えば満江とはこれまで年に一回程度、顔を合わせるだけだった。孝雄はこまめに実家に顔を出すタイプではなく、そして由美は下関にある自分の実家にばかり帰ろうとした。母方の祖父母とはしょっちゅう顔を合わせるし、仲も良い。けれど、ときどきしか会わない父方の祖母はどこか距離があって、そしてとっつきにくかった。詩乃の言動を観察しているようなところがあって、その目が苦手でもあった。

おばあちゃんだってときどきしか会わない孫に苦手意識を持っていたのかもしれない。なかなか顔を出さない息子夫婦に対しても、そうかもしれない。なのに、困ってるからと泣きつかれて、それでも我慢して、何もかも捨てて来たんだ……。

詩乃はぐっと唇を噛《か》んだ。自分がものすごく嫌な人間に思えた。祖母の態度を「嫌な感じ」と切り捨てたし、昨日は変化を物珍しいイベントだという気持ちで眺めた。あれは、フラれた自分を見るクラスメイトたちのものと何ら変わらない。やさしさも気遣いもなく、誰かの感情が斬《き》りつけられているシーンを高みから見下ろすようにただただ楽しんでいた。自分の痛みには敏感なくせに、ひとの痛みには無関心だった。

ちらり、と詩乃は祖母を窺い見る。満江は話に混ざりながら、花瓶に飾られたバラをちらちらと見ていた。ときどき、ふんわりと微笑む。

『ひとにプレゼントしたことも、されたこともないもんやけん、こういうときにぴしゃんと決まるようなものがよう分からん』

絞り出すような満江の言葉を思い出す。亡《な》き祖父は筋金入りの亭主関白だったという。それは息子である孝雄にも引き継がれており、だから孝雄は家の中ではとても横暴だ。何も知らなかった子どものころ、『パパとは偉い生き物』だと信じて疑わなかった。成長するにつれ違和感を覚え、由美が自分の実家で『あれは給料を運んでくるだけのひとよ。家の中では何の役にも立たないんだもん』と零《こぼ》すのを聞いて、褒められたものではないのだなと知った。孝雄の誕生日は、由美が手の込んだ料理を作り、詩乃と一緒にプレゼントも用意する。しかし孝雄が由美の誕生日に何かした例《ためし》がない。お前の好きに家を建ててやっただろう、というのが口癖だ。そんな孝雄でさえ『オヤジに比べたらおれなんてまだ可愛《かわい》いもんさ』と言う。

ちゃんと幸せだったのかなあ、と満江の顔を見て詩乃は思う。あたしは、大輔に自分を軽んじられて、とても傷ついた。好きという感情こそ消えたけれど、だからといって雑に扱われることをよしとはできない。ひととして大事にされるべきものがきっとあるはずだ。

あたしはたった、二週間程度のことだ。でも、長い人生そうだったというのなら、おばあちゃんは……。

詩乃はたくさんのことを考えながら、黙って最中を齧るのだった。


夕方になって、詩乃と満江は山井の家を辞した。

「テンダネスで、アイスでも買ってあげようか」

満江が言い、詩乃は「それって店長さんに挨拶言うため？」と訊く。満江がぽっと頬を染めた。

「まあ、うん」

満江の手には、二輪のバラの花がある。山井が包んでくれたのだ。小さく切ったオアシスに水を含ませて差してあるから家に帰るまでは大丈夫よ、とのことだった。

店内に入り、ペットボトルのお茶とチョコレート菓子を取る。レジには志波がいて、ふたりを認めるとまた見えない何かを噴霧してきた。うわ、と思わずたじろいだが、満江も同じように後ずさった。そういやおばあちゃんお酒飲めないんだった、と詩乃は頭の隅で思った。

「これから、お帰りですか？」

「ええ、そうです。あの、また明日来ます」

満江が上ずった声で言い、志波は「どうぞどうぞ」と言う。

「みなさんも喜ばれますよ。しのさんも、またぜひどうぞ」

あたしも年を取ったら「はひー」なんて声を上げるのかしら。まさか。こういう一風変わったひとってどちらかと言えば苦手なんだよなあ。多分あたし下戸《げこ》だと思うし。そんなことを考えつつ「はあまあ」と曖昧に返事をしていると、背中のほうで「あれ、永田さん？」と声がした。振り返ると、同じクラスの桧垣梓《ひがきあずさ》が立っていた。手に、カフェオレエクレアとコーヒーゼリーパルフェを抱えている。最近ＳＮＳで流行《はや》っている、テンダネスの大ヒットスイーツだ。テンダネスのコーヒーを手掛けている老舗《しにせ》コーヒー店との新たなコラボとかで、わざわざ九州まで買い求めに来るひともいると聞く。

「あ、桧垣さん、こんにちは」

「こんにちは！　永田さんって、おうちこの辺り、じゃないよね？」

桧垣梓は顔が少しふっくらした、穏やかな女の子だ。席が近いので何度か話したことがあるが、わりと気が合う。コンビニスイーツにやけに詳しくて、そして最近ではお菓子作りにハマっていると聞いた。

「ううん、違うんだけど、あの」

「ああ、梓さんのお友達でしたか」

志波が会話に入って来て、梓が「同じクラスなんですよ」と返した。その様子に、詩乃は打ち解けたものを感じた。え、桧垣さんってこのひとの謎のスプレー浴びてないの？　わかんないの？　ていうか、このふたりが知り合いってなんかすごい。

「あらあら、詩乃のお友達ですか。どうも、祖母です」

「お世話になってます！」

満江と挨拶を交わした梓は、すっと詩乃に顔を寄せてきた。そして声を潜めて「大丈夫？」と言った。

「え？」

「あの、こういうのお節介かもしれないけど、最近ずっと辛そうだったから」

ひとの良さそうな下がり眉《まゆ》をもっと下げて、梓は「朝、学校に来てたのにすぐに帰っちゃったでしょう？　何かあったのかなって気になってたんだ」と付け足した。

「ああ、その、まあ」

どうしてだか、素直に認めることができた。梓の目に、ほんとうの気遣いを感じたからかもしれない。

「まさか、桧垣さんが気付いてたなんて、思わなかった」

大輔と別れたことは、クラスの全員が知っている。二年の先輩に、乗り換えられたことも。ただ、詩乃が辛いと思っていることに気付いているひとなどひとりもいないと思っていた。詩乃はいつだって平然としてきたし、学校で泣きも喚《わめ》きもしていない。いつも通りを意識していた。湊や璃子がつまらなそうな顔をちらちらと見せるくらいに。

梓が「頑張ってたもんね」と言った。

「わたし、永田さんのことすごいなって思って見てた。毅然《きぜん》としてるの、すごく大変だもの。頑張ってたの、知ってるよ」

その瞬間、涙がぼろぼろと零れた。志波と満江がぎょっとして、「どうしたの」と言う。梓は片手にスイーツを抱えたまま「うわ、ごめんね。ごめんね、急に」と言う。

「どうしたの、詩乃。お腹痛いの？」

満江が顔を覗き込んできて、詩乃は首を横に振る。

「なんでも、な……。ちょっと、嬉しかった、だけ」

そうだ、嬉しかったのだ。

ぐしぐしと手の甲で乱暴に目元を拭《ぬぐ》うと、満江がハンカチをくれた。

「ほら、拭《ふ》きなさい」

受け取って、目元にあてる。懐《なつ》かしい、佐賀の家の匂《にお》いがした。古い一軒家の縁側は日当たりがよくて、そこで昼寝をしたことがある。太陽の温《ぬく》もり、風が運んでくる緑の香り。土と花の香りもして、ぐっすりと眠った。あのときの匂いだ。

涙を何度も拭っていると、そっと腕に温かなものが触れた。見ればそれは梓の手で、梓ははにかむように微笑んで、「永田さん、スイーツでも食べよ」と言った。

「横のイートインスペースで一緒に食べよ。それで、お話ししよう。ね？」

涙で熱を持った目で、詩乃は梓を見る。どうしてこの子はこんなに優しくしてくれるんだろう、と思った。

綺麗に整頓されたイートインスペースは無人だった。

詩乃は狭いスペースを想像していたけれど、驚くほど広い。外に向けられたカウンター席が五席。四人掛けのテーブル席がふたつ。それぞれに、バラが一輪ずつ活《い》けられていた。涙がとまり、目元を熱くした詩乃は、コンビニのスペースにしてはすごく綺麗、と思った。カフェのような居心地の良さがある。

「こっち座ろ」

梓は慣れたように四人掛けのテーブル席に座り、そして向かい側に座った詩乃と満江の前に、オススメだというカフェオレエクレアを置いた。満江がペットボトルのジュースを三本、それぞれの前に置く。

「なんか、ごめん」

ハンカチで顔を拭きながら言うと、梓は「気にしないでよー」と笑った。

「こっちこそ急にごめん。わたしね、気になるひとには絶対に声をかけるって決めてるの」

いただきます、とペットボトルの蓋《ふた》を開けて、梓が口をつける。甘いミルクセーキを飲んだ後、「いつ話しかけようって思ってたんだ。だから今日会えてよかった」と言う。

「わたしね、ぐっと伸ばされた背中とか、まっすぐな目をしているひとにすごく惹《ひ》かれるんだ。わたしも頑張ろう！　って思えるから」

「あの、あたしそんなにすごくはない、んだけど」

詩乃もペットボトルを手にする。脳内では大輔のことを何度も罵倒《ばとう》したし、何ならゆかり先輩の髪をぎゅうぎゅう引っ張る想像もした。

「うん。みんな、すごくないんだよ。ただ頑張ってるだけだよね」

梓が丁寧に言う。それを聞いて、詩乃は「ああ、そうだ」と思う。あたしは誰かに褒められたかったのかもしれない。労われたかったのかもしれない。

「何があったんな、詩乃」

満江が顔を覗《のぞ》き込んでくる。

「学校で、いじめられとるんな？　それならあたしが学校に文句言いに行っちゃる」

その声には、張りがあった。これまでのぶっきらぼうさでも、さっきまでのやわらかさでもない。

「心配せんでいい。ばあちゃん、こう見えて強いとよ。孝雄がいじめられたときには、いじめた子たちをホウキで追い回してやったとよ」

「何それ、パパ、いじめられてたの」

ぷ、と噴き出すと満江は「そうよ。あの子は内弁慶じゃけん。いまでこそからだが大きいけんど昔はひょろひょろで、大きな子たちに小突き回されとった」と言う。「家の中だけ強いとよ。やけんいまも由美さんやあたしたちには強いけんど、会社にゃなーんも言えんやろ」

「そうかも」

やっと、詩乃に笑みが湧《わ》いた。

「それで、どうしたんな」

満江が訊いてくる。詩乃は答えるのを悩んだ。男の子と付き合っていた、なんて言ったら祖母はどんな顔をするだろう。両親なら、反応は分かる。孝雄は「学生なのにまだ早い！」と大騒ぎし、由美は「パパが機嫌悪くなるからお付き合いなんてやめなさい」と言うに決まっている。フラれたと知れば「子どもの付き合いなんて浅いもんだ」だし「取返しのつかないことになるまえに別れてよかったじゃない」だ。

「なんでも言うてごらん、詩乃」

満江がやさしく言う。おばあちゃん、あんたの味方やけん。

「おばあちゃん、あたしの味方なの」

そんな風に言ってもらえるとは思っていなかった。訊くと、満江は「当たり前やろ」と言った。

「あたしのたったひとりの、大事な孫娘よ。味方するに決まっとろうもん。孝雄とだって、戦っちゃる」

むん、と胸を張る満江に、詩乃の心が解《ほど》けた。

「ははあ、なるほど。酷《ひど》い男じゃねえ」

満江は詩乃の話を一通り聞いて、頭を緩く振った。

「誰とどんな別れ方をしようと、尊厳だけは、大事にせんといかん。若いけん、そういうことまで頭が回らんのかもしれんな。どこかで、自分のやり方はよくなかったち気付いてくれたらいいねえ。悲しい思いをしたね、詩乃」

ふ、と息を吐いた満江は「でもね」と声音を明るくした。

「ひとを好きになる、っていうのはいいことよ。それはほんとうに、いいこと」

詩乃だけでなく自分にも言い聞かせるように、満江が言う。いくつになっても、ひとを好きになっていい。そのときには相手だけやなくて、そのひとを好きな自分までも好きになれたらいいと思う。相手を大事にして、同じくらい自分を大事にする。大事な相手に見合う自分でいよう、そういう「好き」に巡り合えたら、きっとしあわせ。

やわらかな、丸い声だった。詩乃はそれを聞いて、おばあちゃんは素敵な「好き」に巡り合えたのだなと思った。あの店長は、おばあちゃんが自分のことまで好きになれるくらいの気持ちをくれたのだ。ああ、ほんとうに素敵な恋というのは、いくつになっても始まるし、いくつであっても心を幸福にしてくれるのだな、と詩乃は思った。

あたしもいつか、そんな恋ができるのかな。少しだけ、詩乃は満江が羨《うらや》ましくなる。そして次に、お年寄りの恋を羨むなんて何だか変なのと思う自分と、恋で孫を羨ましがらせることのできる祖母に対して敬意を持つ自分に気付いた。

「それにしても、詩乃は偉いね」

ネイルで飾られた手が、詩乃の頭を撫でた。

「自分を安く扱われても、毅然としてたんだろう？　自分の大事な部分は自分で守り通さなきゃいけないってこと、ひとは分からなくなるもんさ。誰かに蹂躙《じゅうりん》されても仕方ないと諦《あきら》めてしまうひとだっている。あたしもそうさ。自分の大事な部分を守るのは我儘《わがまま》じゃないのかとか、いい妻じゃないんじゃないかとか、そういう馬鹿《ばか》なことを考えて安く扱わせてしまったことがあるんよ。いまでも後悔しとることもある。でも詩乃はその年で、守る術《すべ》を知っとる。偉いねえ」

労わるような手の温もりと声に、止まっていた詩乃の涙が再び盛り上がった。はらりと一粒、もう一粒零れ落ちる。詩乃はそれを拭いながら、初めての失恋の痛みと、心のどこかを蝕《むしば》んでいた嫌な思いが、ゆっくりと昇華されていくのを感じていた。

「永田さん、ほら、食べて」

梓がカフェオレエクレアの袋を差し出してくる。

「甘いものを食べると、心がちょっとだけ満たされるの。誰かと一緒だと、もっと満たされるの。ね？」

にっこりと笑いかけられて、詩乃もぎこちなく笑い返す。誰かが辛《つら》いときに、こうしてそっと寄り添えるひとになりたい、と思った。傷が癒《い》える時間、傍にいられるひとになりたい。

袋を開けると、コーヒーの香りがふわっと立ち上る。固めのシュー生地の中には、クラッシュされたコーヒーゼリーとカフェクリーム、そして真っ白の生クリームがうつくしく層を作っていた。生地には濃い茶色のコーヒーチョコレートがたっぷりとかかっている。

「わあ、美味《おい》しそう」

思わず言うと、梓が自慢げに「でしょう」と言う。このクラッシュゼリーがね、いい仕事してるの。生クリームと合わせることでカフェオレになるってわけ。そしてこのカフェクリームがゼリーと生クリームをほどよく繋《つな》いでるんだ。シュー生地はサクサクしていて、チョコのコーヒー感もいい。なのに全体的に甘さ控えめで、いくらでも食べられちゃう。今年のテンダネスのスイーツは、すごい！

「ふふ、面白い子だねえ」

満江が言い、梓がはっとしたように言葉を止める。

「ごめんなさい、わたしスイーツの研究が好きで、夢中になっちゃって」

「夢や趣味の話は大好きだよ」

満江が自分の分のエクレアを食べ、「あら」と声を上げた。

「美味しい。いまはこんなに美味しいお菓子が簡単に食べられるとやね」

三人で、仲良くエクレアを齧った。いつの間にかニコニコ笑っている自分に気付く詩乃だった。

それから梓と別れた詩乃と満江は、自宅に帰るため門司港駅まで並んで歩いた。

「なんだ、学校さぼっちゃったのかい」

「うん。何か、居づらくて。でも、桧垣さんがいてくれると思ったら、明日からはまた頑張れそう」

また明日ね、と梓は詩乃に言った。もっとたくさんお話ししようよ、と笑いかけられて、だから詩乃も笑って頷いた。明日、梓がいると思ったら学校にも行ける。

「ばあちゃん、学校にひとこと言ってやろうか?」

「ウチの孫フラれたんですけど、って? 過保護だと思われちゃう」

ふふふ、と詩乃は笑って、「大丈夫」と言った。ほんとうに、平気だ。これからは大輔のことなどどうでもよくなるだろう。すっかり忘れてしまうかもしれない。自分を不当に下げるひとではなく、見守ってくれるひととの仲を深めることの方が、大事だ。

「ねえ、おばあちゃん。自分のことを見て心配してくれるひとがいる、応援してくれるひとがいるって、嬉《うれ》しいね。あたし、桧垣さんの言葉をもらって、やっとそう思えた。だから、おばあちゃんが志波さんのこと夢中になる気持ちも、分かるよ」

ひとりぼっちで見知らぬ土地に来て、自分に関心のない家族に囲まれて、きっと寂しかったことだろう。感謝して敬え、丁重に扱え、そんなことではない。家族としての心配りがなくて、それがきっと満江を頑《かたく》なにさせていた。

「パパに言うと絶対うるさいから、あたしは知らないことにしとく。でも、おばあちゃんがこがね村に行ってファンクラブの活動するの、めちゃくちゃ応援するよ。あの場所とあのひとたち、あたしも好きだよ」

ぴたりと満江が立ち止まる。詩乃も足を止め「どうかした？」と訊く。満江は泣きそうな顔をしていた。

「嬉しいねえ、詩乃」

少しだけ声が潤《うる》んでいた。

「それだけで、あたしはもうじゅうぶん。ここに来てよかったと思うよ。ああ、人生ち、いつでもやり直しがきくねえ。あたしがこげん綺麗《きれい》な格好してみんなと生き生き過ごせる日が来るなんちゃ、思いもせんかった。孫と恋の話やなんかができるとは、想像もせんやった。ああ、しあわせやねえ」

「なにそれ。大げさ」

笑い飛ばした詩乃だったが、でも心の中ではよかったと思っていた。これからは虚《むな》しさや寂しさを感じさせなくてすむのかもしれない。

「あのさ、おばあちゃん。その髪、可愛いよ。ほんとに」

言うと、満江が「そうだろう」と胸を張った。

帰宅すると、孝雄が帰って来ていた。どうやら詩乃が学校から早退したと連絡が入っていたらしい。

「お前、学校さぼってこんな時間まで何してたんだ！」

言うなり、詩乃の頭をばちんと叩《たた》いた。

「携帯電話に電話しても出ない。親を心配させて、ふざけるんじゃない！」

ぷん、と酒の臭《にお》いがした。ああ、パパは心配してなかったな、と詩乃は思った。説明をする前から学校をさぼったと言い切るところも、いきなり叩くところも。そして、いつも通り晩酌しているところも。

「パパ、もう少し家族にやさしくしたら？」

顔を見て言うと、孝雄が「なんだと」と眉を寄せた。

「みんなパパの顔色みて生活してる。そんなの家族としておかしくない？」

「なんだお前、親に向かって」

もう一度殴ろうとしたのか、孝雄が手をあげると、すっと満江がふたりの間に入った。

「詩乃はちゃんと、具合が悪いって言って帰って来たよ。体調が落ち着くのを待って、あたしが詩乃を連れ出したのさ」

「なんだって？」

「この子だっていろいろ悩むことはあるよ。だからあたしが話を聞いていたんだ。それに、ちゃんと保護者が一緒にいたんだからいいだろう。連絡しなかったのは悪いけど、孝雄も問答無用で子どもを叩くのはやめな」

静かに、しかし確かな強さで言う満江に、孝雄が「はあ？」と唸《うな》った。

「そんな浮かれた頭の年寄りが保護者だって？　いい加減にしてくれよ。その頭でうろついてたのか。悪夢だよ。由美！」

孝雄が怒鳴ると、由美が出てきてビニール袋を渡す。心底疲れた風の由美は「私を困らせて楽しいの」と詩乃と満江に言った。

「ほら、母さんこれ。染めろ」

孝雄が出したのは白髪染めだった。由美に買いに行かせたのだろう。

それをぱしんと払い落としたのは、満江ではない。詩乃だった。

「あたしはこのままでいいと思う！」

驚く孝雄に向かって、詩乃は言った。

「だってすごく似合ってるもん。お洒落《しゃれ》になって、可愛いと思う。あたし、おばあちゃんが学校まで来ても平気。むしろ自慢する。七十八になってもおしゃれ心を失ってないんだよって自慢するくらい、いいと思う！」

「なんだと、お前、さっきから親に向かってその口のきき方は何だ！」

「ああもう、止《や》めてよ。詩乃、パパに謝りなさい」

孝雄と由美が声を荒らげ、詩乃は言葉に詰まる。特に由美が「ママを困らせないで！」と言うのには罪悪感を覚えた。自分がよかれと思ってやったこと、どうしてもやりたかったことが孝雄の怒りを買い、それが由美にぶつけられたことは何度もある。

「あんたこそ、あたしに対して口のきき方気をつけな！」

満江が孝雄に言い、それからぎゅっと詩乃の手を握りしめてきた。一瞬で離れた温もりの意味を、詩乃は理解できた。

見れば、満江がへたくそなウィンクをして見せる。思わず、笑いそうになった。

ああ、おばあちゃんと暮らすって、わりといいな。

そうだ、おばあちゃんに今度話してみようかな。十代の「好き」はこまめにセーブしないとゲームオーバーって最近思ってたんだけど、おばあちゃんはどう思う？　蟬《せみ》と一緒だと思う？　って。

詩乃は満江と共に孝雄と由美に対峙《たいじ》しながら、そんなことを考えていた。

第二話

廣瀬太郎の憂鬱

廣瀬《ひろせ》太郎《たろう》は、この日すこぶる機嫌が悪かった。嫌なことが重なりすぎた。

まず、バイト中に六人の女性から連絡先を渡された。香水の甘い匂《にお》いがプンプンするカードに（触れただけで指先に匂いが移った）、何が入っているのかやけに分厚い封筒、セクシーな自撮り写真などさまざまなものがあった。

『絶対、渡しておいて！』

『あー、君宛《あ》てってわけじゃないから、勘違いしないでよ？』

『やだー、変な目で見ないでね。見て欲しいのはあんたじゃないんで！』

六人それぞれが好き放題のことを言った。彼女たちがほんとうに渡したい相手は、太郎ではない。太郎がバイトしている『テンダネス門司港《もじこう》こがね村店』の店長、志波三彦《しばみつひこ》だった。その志波はこの三日ほど本社へ呼ばれたり他店に出向したりで不在で、そのため六人は渋々、仕方なく、太郎に渡したのだった。

「断ってもいいいんだぞこっちは！　何様だあいつら！」

彼女たちがいなくなってから、太郎は同じシフトで入っていた村岡《むらおか》に愚痴をこぼした。にこやか、とは言えないがそれでも店員としてできるだけ丁寧に応対したはずだ。なのに、どうして人間性を疑われるようなことまで言われなくてはいけないのか。

「店長専用ポストでも作りましょっか」

DIYの得意な村岡が真面目《まじめ》な顔をして言う。店長へのプレゼントに辟易《へきえき》しているのは、太郎だけではないのだ。

「それなら『志波兄妹専用』にしてくれ」

太郎が言う。不機嫌の理由は他にもあって、三人の男性からは、いちゃもんをつけられたのだった。

『樹恵琉《じゅえる》さんに、関わるな！』

『彼女に手を出すと、許さねえぞ』

それぞれ、ケーキボックスにブランドの紙袋、チューリップの花束を抱えた男たちは太郎に一言ずつ捨て台詞《ぜりふ》を吐いた。

彼らの目的は志波三彦の妹、志波樹恵琉だ。実家のある宮崎県の高校を卒業してから、門司港のマンション――兄の住むこがね村ビルに越してきた。やりたいことが見つからないという彼女は、いまはビルの二階に入っている保険事務所で事務員として働いている。ときどき兄の勤める店に客として現れるのだが、そのときにファンを作ってしまったらしい。いつ出没するか分からない樹恵琉に会うためか、彼女が越してきて二ヶ月が経《た》ったいま、頻繁に訪れる男性客がぐんと増えた。売り上げは増え、それはもちろんありがたいことであるが、スタッフたちの心境は微妙だ。ただでさえ兄のファンに振り回されているのに、妹のファンまで増えるなんて、たまったもんじゃない。

「だいたい、何でオレがあの子のことで威嚇《いかく》されんだよ」

「廣瀬くんが懐《なつ》かれてるからっしょ」

あっさりと言った村岡に「知らねえよ」と太郎は吐き捨てるように返す。気に入られようとしたわけでもなければ、優しくした覚えもない。ごく普通に、誰とも分けへだてなく接していたはずだ。

しかし樹恵琉に懐かれているのもまた、事実だった。

樹恵琉は太郎を見ると、飼い主を前にした犬のように駆けてくる。にこにこと無邪気な笑みを浮かべて『廣瀬さーん』とやって来る姿は、存在していないしっぽが可視できるようだ。

『おはぎ作りすぎちゃったんです、どうぞ』

『たまには一緒にお昼ご飯食べませんか』

『今日はバイト、何時までですか？　頑張ってくださいね！』

樹恵琉は太郎のみっつ下だ。アイドルのように可愛《かわい》らしい顔立ちに、抜群のスタイル。

人目を惹《ひ》く華やかさ。これまで太郎が出会ってきた中でも、トップのうつくしさを誇っている。そんな子がにこやかに、好意的に接してくれるのは悪い気はしない。しかし、彼女の周囲の反応を思えば、単純に「嬉《うれ》しい」とは言えない。あまりに綺麗《きれい》な子からの好意は、同時に敵意を連れてくるのだ。しかも複数形で。

「気に入られるようなこと、一切してねえのよ、オレは。何なら望んでもねえ」

け、と口元を歪《ゆが》めて言った太郎は、心の中で「身の丈くらい知ってるっつーの」と付け足した。

太郎は、自分のことをごくごく普通の平均的、むしろ少し下レベルの男だと思っている。背丈、スタイル、顔立ち、どれも一般的なもので突出していない。個性といえそうなのは、高校時代から何となく続けている坊主頭《ぼうずあたま》くらい。しかしそれだってお洒落《しゃれ》だと褒められるものでもない。そして大きなマイナスポイントが、自分の将来性に関して、大きな夢や希望を持っていないこと。

大学を卒業した後の太郎の進路は実家の事業——水道設備会社に就職することになっている。知らない人間は「ゆくゆくは社長じゃん」などと囃《はや》し立てるけれど、実際は地元に密着した小さな会社だ。社長夫妻である両親は毎日青い作業服を着て働いているし、母の趣味は節約。ほんとうは高校を卒業してすぐに会社に入ってもよかったのだが、大学を狙《ねら》える学力があったことと、何より高卒であることにコンプレックスを抱いていた父が「俺の為《ため》にも、行ってこい。そして青春を、謳歌《おうか》してくれ」と勧めてくれたことで、進学した。

曾祖父《そうそふ》が興《おこ》したという会社を継いで、祖父母や両親が得た顧客のために働く。それは悪いことじゃないと分かっている。誰かから見れば羨《うらや》ましがられることなのかもしれない。でも太郎は、未来に対しての憧《あこが》れや高揚感が持てない。これからについて語ることができる友人たちを見ると、眩《まぶ》しさと、少しの羨望《せんぼう》を覚えてしまう。

「なんでオレに構うのか、ほんとうに分かんねえんだよな」

太郎自身、自らを魅力的だと思えない。だからこそ、樹恵琉の態度が理解できない。思わずの呟《つぶや》きに、村岡は「廣瀬さんがちやほやしないからじゃないすか」と言った。

「漫画とかでもよくあるやつ。お姫様は取り巻きに飽きて、つっけんどんな態度を取る男を好きになるじゃないすか」

「つっけんどんな態度も取ってねえっつの。そんなことしたら高木《たかぎ》さんに殺されちまう」

高木は太郎のふたつ上の、フリーターだ。バイト歴としては太郎の方が先輩だけれど、太郎は年齢が上の高木を立てている。年功序列が肌に刻まれているのは、高校まで一所懸命続けた野球のせいかもしれない。

「高木さんかー。あの子のファン一号を公言してますもんね」

村岡が苦笑する。樹恵琉が門司港を初めて訪れたのは昨年のクリスマスだったが、そのときに高木は彼女に一目ぼれしてしまったのだ。しかし交際したいというわけではないようで、高木曰《いわ》く『人生を懸《か》けたい推し』なのだそうだ。樹恵琉さんの行く道にあるかもしれない小石は全部ぼくが拾ってあげたい、とうっとりした目で言う。

「オレがあの子の誘いを断るときの高木さんの顔、見たことあるか？　オレみたいな男が彼女と一緒に過ごすのは許せないし、しかしオレみたいな男が彼女の誘いを断るなんて無礼はあってはならないと怒る。相反する感情で、結局無表情になるんだぞ」

「スン……！」と擬音をつけてそのときの高木の顔真似《かおまね》をしてみせると、村岡はげらげらと笑った。

「しかし、優しくしてもないしつっけんどんでもない、かあ。じゃあどこっすかねえ」

村岡が太郎を改めて見まわし、首を傾《かし》げる。

「面倒見いいとか、面白いとか、そういうのはありますけど、理由としては弱い気がしますよね」

「そうなんだよなあ」

「じゃあまあ、魂で魅《ひ》かれ合ってる的な感じにしときます？」

「オレは魅かれてねえっつの」

来客を告げるメロディが鳴る。「いらっしゃいませ」と顔を向ければ、そこには満面の笑みを浮かべた樹恵琉が立っていた。仕事終わりだろうか、制服ではなくTシャツにデニムパンツというラフな格好で、目が合うとひらひらと手を振ってくる。

「そんな笑顔向けられたら、おれなら心臓撃ち抜かれちゃう。ああー、羨ましいなあ、廣瀬くん」

村岡が言うが、しかし彼には最近付き合いだしたばかりの彼女がいる。身長一七五センチを超える村岡とほぼ同じ身長の、モデルのようにスタイルのいい子だ。元バスケ選手だとかで、全身が引き締まっている。その子と樹恵琉のタイプはまったく違っていて、だからこれは完全に楽しんで言っている。返事をしないでいると「廣瀬くんの考えてること、分かんねえっすわ」と肩を竦《すく》める。

「廣瀬くん、彼女いないっすよね？　普通、舞い上がりますよ」

「舞い上がるには、翼がいるんだよ」

「廣瀬くんには、ないっすか」

「ねえよ」

走り寄ってくる樹恵琉に、太郎は「いらっしゃいませ」といつも通りの顔を向けた。

バイトが終わると、太郎はバイト代を貯《た》めて買ったホンダのホーネット２５０に乗って、下関にあるアパートまで帰る。高校生のときに憧れていたＯＢが乗っていたのを見て以来、ずっと乗りたかったものだ。中古で買ったバイクは、給料をもらうたびにカスタムを重ねている。燃費はいいほうではないし、維持費を計算すればもっとコスパの良いものもあるのだが、大事な愛車だ。

関門トンネルを抜けると、そこはもう本州だ。当たり前のことなのだけれど、ときどきふっと脳内に日本地図が浮かぶ。きっぱりと離れた本州と九州がぐっと指先を伸ばしあって触れ合っている、その儚《はかな》いところにいる豆粒みたいな自分を想像する。

「世界って広いよなあ」

思わずそんなことを呟いてみたりもする。

夕食の材料を買おうと、アパートの近くのスーパーにバイクを停めた。ひとに言うと意外だと驚かれがちだが、太郎は料理が好きだ。ひとり暮らしを始めた大学一年の春に目覚め、いまではレパートリーも多い。冷蔵庫の中身を思い出しながらメットを外すと
「たろちゃんだぁ！」と甘えた声がした。嫌な予感がして振り返ると、そこには胸の谷間をこれでもかと強調したタイトなワンピースを着た女の子がいた。かたちのよい耳を露《あらわ》にしたショートヘアに、大きな茶色い瞳《ひとみ》。油でも塗ったみたいな、ぷるんとした唇。

「椿《つばき》……」

「やだー、ひさしぶり、たろちゃん。こんなところで会うなんて、びっくり」

ウフフ、と小首を傾げて笑う椿は、背の高い男としっかり腕を組んでいた。ツーブロ

ックの髪をセットした、それなりにイケメンぽい男が「知り合い?」と椿に訊《き》く。なんとなく見覚えがあるから、同じ下関市立大学の学生かもしれない。

「幼馴染《おさななじみ》なの! ただの幼馴染」

椿があっけらかんと言う。幼稚園のときから一緒だったんだあ。男は椿と太郎を見比べて、ふっと笑った。

「そっか。そりゃ、どーも」

少し顎《あご》を引くだけの挨拶《あいさつ》をしてきた男に、太郎も「ああはい」と頭を下げる。嫌な女に会ったな、と思う。

「たろちゃん、まだあのアパート住んでるの? シャワーの出がすっごく悪い」

椿が言うと、男の顔つきがさっと変わる。ああもうまたこれだよ、と太郎はそっとため息を吐《つ》いた。

「どうでもいいだろ。じゃーな」

言って、その場を離れる。背中の方で、「どうしてあいつの部屋のシャワーのことなんて知ってんの」「あ! えっと、あのね、うちのパパと一緒に行ったことがあるっていうか。親同士が仲がよくってぇ?」「ああねー、まあそういう理由でもなきゃ行かねえか」という会話が聞こえたけれど、聞かないふりをした。

匂わせるくらいなら、はっきり元カレだって言えよ!

店内に入りながら、脳内で怒鳴る。

椿と太郎は、高校二年の冬から大学一年の夏まで、付き合っていた。椿は、野球部でレギュラーだった太郎のファンのひとりだったのだ。最初はまったく意識していなかったが、あまりにも熱心にアプローチしてくるので、その熱にほだされるかたちでOKした。

太郎が在籍していたのは地区予選敗退が常の弱小野球部だったが、どういうわけだか部員にイケメンが多く、校内では異常な人気を博していた。野球部のレギュラー、というだけで、容姿が並みの太郎でさえも女子から持て囃されるほどだった。いま思えば、狭い世界の中だけでしか成り立たないヒエラルキーの上に、たまたま立っていただけなのだが、このときの自分はそんなことちっとも理解せずにいたなと太郎は思う。自分がとても優れた男であると、勘違いすらしていた。

椿は太郎より成績が悪くて、でも太郎と離れたくないと言って、下関市立大学に進学する太郎を追って、下関市内のネイルサロンに就職した。

あのころは、楽しかった気がする。

手にしたカゴの中に、もやしを放る。豚肉が残っていたから野菜炒《いた》めにしよう、と考える一方で、太郎は過去を思い出す。

親の目のない自由な場所で、半同棲《どうせい》生活を送った。慣れない仕事で椿が大変そうだったのは一ヶ月くらいだっただろうか。それからは日増しに垢《あか》ぬけていった。黒髪がなんちゃらブラウンになり、瞳の色は日替わりになり、まつ毛はふさふさになった。服装もどんどん派手になっていって、わりあい豊かだったからだのラインがこれでもかと強調された。高校時代はどちらかというと大人しいタイプで、化粧っけも全然ない子だったが、見る間に綺麗な大人の女になった。

太郎は椿の変化を、ただただ眺めるだけだった。大学デビューした友人もいたけれど、椿のそれに比べると大した変化ではない。女ってすげえな、とひたすら感心していた。椿はときどき太郎に「ねえ、たろちゃんもイメチェンしてみない？」と言ったけれど、太郎はどうしても乗り気になれなくて、これまで通りを貫き通した。そこには別段ポリシーがあったわけではない。変わりたいという欲が持てなかったのだ。高校時代、ありのままの自分がモテていたことが、その要因だったと思う。

椿が太郎と一緒に出掛けたがらなくなったのと、太郎から気持ちが離れていったのはほぼ同時だったと太郎は思っているけれど、友人たちはもっと前からだと口を揃《そろ》えて言う。椿は綺麗になったころにはすでに、太郎と新しい男で二股《ふたまた》をかけていたのだと。

『たろちゃんにはもう、高校のころみたいなキラキラがないんだ』

別れるとき、椿は哀《かな》しそうに言った。

『あ、でもそれはたろちゃんが悪いわけじゃないんだよ。あたしが経験不足だったたっていうか、世間を知らなかったっていうか。たろちゃん以上にキラキラしているひとがもっともっとたくさんいるって気付いちゃったの。例えるなら、蛍の光だけがすべてかと思ってたら、世の中には炎も電気もあって、そういうのはもっとギラギラしてた、みたいな？』

蝉《せみ》がやけにうるさい、真夏日だった。アパートの玄関先でのことで、椿は涼し気なキャミソールワンピースを着ていた。光を受けて白く光る首筋を見つめる太郎のこめかみからは、汗が流れていた。

高校を卒業して数ヶ月、それは椿が世間の広さを知った期間だけれど、太郎にとっては、己が井の中の蛙《かわず》に過ぎなかったことに気付く期間だった。高校よりも生徒数がいて、そして様々な個性が溢《あふ》れる大学の中で、太郎はしっかりと埋もれていたのだった。

ああ、オレは実は取り柄のない男だったんだな。

たいして上手《うま》くもなかった野球は大学まで続ける気はなかったし、大学内で突出するほどの学力もない。見た目は普通で、ひとを惹きつけるような話術もない。そもそもが、ひとに好かれるものを持ち合わせていない。いっときの人気は実のないものだったと認めざるを得ない、と感じていたが、椿が決定打を打った。

『……キラキラがない、っつーのは、オレのせいじゃねえよ』

気付かずに持っていたプライドが粉々に壊れるのを感じながら、椿に言い返した。

『元々オレはキラキラしてた自覚はない。お前が勝手に、キラキラしたフィルターで見てただけだろ』

椿は『いやな言い方』と顔を顰《しか》めて、それから『じゃあね、たろちゃん。これでお別れ』とどこか見下げた顔で言った。情のないその顔を見たときに、これで終わりだなと思った。オレにかかっていた謎《なぞ》の魔法が、いま解けた。十二時を過ぎたシンデレラみたいに、なんて言っても椿は昔みたいに『たろちゃんったら』と無邪気に笑ってはくれないのだろう。キラキラフィルター越しにいないオレなど、面白くもなんともないのだから。

広告の品のピーマンを一袋ときゅうりをかごに入れ、同じく広告の品の豆腐を二丁入れ、太郎はため息をひとつ吐いた。

＊

テンダネスの新商品は、『ぷらすアルファおかず』というシリーズだった。半レトルト食品で、食材をいくつかプラスするだけで料理ができるというものだ。

「これ、めっちゃ美味《うま》い」

シリーズの麻辣豆腐《マーラードウフ》——崩した豆腐を混ぜてレンチンすれば完成——を手にして太郎

に言ったのは、常連客のひとりである『なんでも野郎』だった。太郎は本名を知らないが、ベテランパートの中尾光莉《なかおみつり》は『ツギくん』と呼んでいる。

「この手のやつは肉肉しさが足りねえんだよ。いくら豆腐がメインっつってもさ、やっぱ肉欲しいじゃん。これはその肉感がやべえ。しかもこれさ、そっちの天ぷらセットと和《あ》えてもうめえ。茄子《なす》がさ、すげえ最高。考えたら麻婆茄子《マーボーなす》ってうまいもんな」

なんでも野郎と太郎に、客と店員以上の接点はない。志波と中尾は親しくしているようだけれど、どういう縁で知り合いどういう関係なのかも知らない。

しかし太郎は、彼のことが少し気になっていた。彼の纏《まと》う雰囲気が、特別に感じられたからだ。それは、ぼさぼさの頭やもじゃもじゃのひげ、制服のようにしょっちゅう着ているライトグリーンのツナギのせいだけではない。髪の隙間《すきま》から見える目の綺麗さや、ときどき零《こぼ》れるうつくしい歯。健康そうな肌に、均整の取れた体つき、粗雑そうでしかし決して乱暴ではない仕草、そういうところから滲《にじ》み出ているように思う。

多分、きちんとしたらすげえイケメン。

一番身近にいるイケメンは、認めたくはないが志波だろう。しかしなんでも野郎はその志波を超えてくるのではないかと思えてならない。一度、髪をセットしてひげを整えたところが見てみたいものだ。

そんなことはさておき、どうしてなんでも野郎が自分に急に話しかけてきたのか、分からない。

「えっと、麻辣豆腐っすか……」

どう応対すればいいのか悩むところだが、他の常連客もときどきこうして話しかけてくることがあるから、それと同じように応《こた》えておこう。太郎は惣菜《そうざい》の棚にちらりと目をやった。ざっと商品を見て、それから「春雨」と言う。なんでも野郎が「ん?」と首を傾げる。

「中華春雨サラダ、混ぜても美味いかもしれませんね」

途端、なんでも野郎の目がキラッと輝いた。

「おお、それは、アリな予感がおおいにする」

「麻辣春雨とか、美味いですしね」

「きみ、いいセンスしてんな」

なんでも野郎はすでに会計を済ませていたが、ダッシュで中華春雨サラダを取って戻って来た。「買う!」と無邪気な口調で言うので「はい、どうもありがとうございます」とスキャンする。会計を済ませたのち、先に購入したものが入っているレジ袋にそれを入れた。

「ええと、廣瀬くん」

レジ袋を手にしたなんでも野郎が、不意に名前を呼んだ。ぎょっとして、それから名札か、と気付く。

「はい、何でしょうか」

内心、身構える。声をかけてきたのには裏があったのか。そういえばこの男、志波と怪しいと思っていた時期もあった。志波についてだろうか。志波は出勤しているがいまは休憩中で、このビルの中にある自宅に戻っているのだが、そんなことを客に言うわけにはいかない。

「あの、今度さ、バイト終わったら、飯でもどう？」

少しだけ恥ずかしそうに言ったなんでも野郎に、太郎はあんぐりと口を開けた。

「は？」

何で、オレ。あり得ねえだろ。びっくりして固まっていると、なんでも野郎は「いやその、樹恵琉が」と口にした。樹恵琉？ えー、まさか。狙いはそっちか！ このひと年齢不詳だけど多分三十は越していて、それが高校卒業したての女の子を狙ってるわけ？ いや恋に年齢は関係ないかもしれないけど、でも。ていうか、オレはあの子と無関係なんだけど。まさかの呼び出しかよ！

混乱していると来客を告げるメロディが流れ、それと同時に「おいこら！」と怒鳴り声がした。太郎が目を走らせれば、何となく見覚えのある男が入ってくるところだった。

「おい、廣瀬ってやつ、いるだろ。ああいた、てめえだ。クソ坊主」

男は太郎を認めると、途端に怒鳴ってくる。

「いらっしゃいませ。どちらさまですか」

この店に勤めて二年以上になるが、よかったことといえば訳の分からないことを言ってくるお客に対して耐性がついたことだろうか。志波に対しての愛の言葉を叫びながら入店してきた若い男性、外でのキャットファイトの勢いそのまま店内にもつれ込んできた女性たち。そういうお客の応対をしてきた。怒鳴るだけの手合いなら、焦《あせ》りもしない。

「どちらさま、じゃねえよ。椿のことだよ！」

男が声を荒らげ、太郎はやっと、先日スーパーで出会った男だと思い出す。

「あー、思い出した。何の用すか。えーと、椿がただの幼馴染っつったじゃないすか」

「嘘《うそ》だろ、それ。お前とキスしてる写真、出てきたんだよ！」

あーもう、またかよ。心の中で、叫ぶ。ていうか、これはアウトだろ、椿。

「悪いっすけど、それ高校から大学一年までの間の写真」

椿の〝匂わせ〟は、男を変えるごとに酷《ひど》くなっていた。新しい男ができると必ず、太郎との関係をちらちらと相手に匂わせるのだ。その映画はたろちゃんと観《み》た。その店はたろちゃんと行った。そんな些細《ささい》なことから、初めてたろちゃんと行ったホテルに似てるとか、たろちゃんがこんな下着が好きだったからというきわどいところまで。付き合いたての男たちはたいてい嫉妬《しっと》して、そして大学構内や椿の部屋にほど近いアパートに住む太郎の部屋にまで怒鳴り込んでくる。太郎は毎度、オレは椿にフラれた側だし、別れてから一度も関係を持っていないと説明をする。何なら携帯のやり取りがないことまで見せて、納得をしてもらう。

「マジで後ろめたいことはない。ていうか、これ椿がやらせてるんですか？」

プライベートのときは、まだ許せた。構内では「痴話げんか、ウケる」と笑われるだけだし、事情を知ってる友人たちは「またかよ」と酒を奢《おご》ってくれる。しかしいまは、勤務中だ。

「迷惑なんですけど」

「は？　迷惑してんのはこっちだっつの。お前が陰で手ぇ出してんだろ？　お前さ、そんな地味なツラしてひとの女盗《と》ろうとか舐《な》めてねえ？」

「お帰り下さい」

目の前には、接客中の客がいる。ドリンクコーナーの辺りにも客、こがね村ビル住人のおばあさんがいる。

「いま、オレは勤務中です。話がしたけりゃオレがこの制服を着ていないときにどうぞ」

手を自動ドアの方へ向けると、男は「ばかにしてんのか」と気色《けしき》ばんだ。

「たかだかコンビニバイトが気取ってんじゃねえぞ。こっちはわざわざてめえのところまで来てやって」

「お前、帰れ」

男に低い声で言ったのは、事の成り行きを一番近くで見ていたなんでも野郎だった。

「ひとの仕事の邪魔をするな」

怒りをにじませた声は、太郎もぞっとするほどの迫力があった。ぼさぼさの髪の間から見える目が、鋭い。男が一歩後ずさった。

「た、他人の話に口を」

「突っ込むな？　じゃあお前もひと様の仕事中に茶々入れるんじゃない」

なんでも野郎が一歩踏み出すと、男は慌《あわ》てて店を飛び出していった。裏でペットボトルの補充をしていた高木が「何々、どうかした？」と出てくる。きょとんとした高木に、なんでも野郎は「別に何もー」とあっけらかんと言った。

「虫が飛び込んできて、追い払っただけ。な、おばちゃん」

なんでも野郎がおばあさんに水を向けると、一部始終を見ていたであろう彼女も、「コバエだったわねえ」と微笑《ほほえ》んだ。まったく、この店の常連も、こういう状況に慣れすぎている。

優しく目を細めているなんでも野郎に、太郎は「すんませんでした」と頭を下げた。

「不快な思いさせてしまって。あと、その、ありがとうございました」

「いやいや、あれは君のせいじゃない。毅然《きぜん》とした態度だったと思う」

うんうん、と頷《うなず》いたなんでも野郎は、ぐっと太郎に顔を寄せてきた。

「でさ、さっきの話なんだけど。今度、バイト終わったらさ、一緒に飯食おうぜ」

「何でですか」

「樹恵琉が、君と飯を食いたいって」

意味が分からない。瞬《まばた》きを繰り返すと、なんでも野郎は自分のことを指差し、「おれ、兄」と言った。

「は？　兄は店長じゃ」

「あいつ弟」

頭がフリーズする。待て待て待て。この謎の常連ひげもじゃ男と、毎度頭を悩まされるフェロモンだだ洩《も》れ店長が、兄弟？　あの美少女とひげもじゃ男も、兄妹？

「あ、自己紹介忘れてた。志波二彦《にひこ》。ツギって呼んでくれたらいい」

「あ、マジ、すか」

驚きながら、しかしなるほどと納得する自分もいた。彼らには絶対的な共通点がある。キラキラしている、ということ。三人とも、種類は違えど『ひとを惹きつける輝きを持っている』のだ。言わば、キラキラ族。かつて、自分もそっち側だと思っていたけど違った種族だ。

「あー、えーと、どうしてオレですか。オレ、彼女に気に入られるようなことしてないっすけど」

訊くと、ツギは少し困ったように頰を掻《か》いた。

「ま、それは飯のときにでも話すよ。とりあえず、また来るわ」

疑問符をいくつも抱えたままツギを見送ると、それと入れ違いに志波が戻って来た。香水をつけているわけでもないのに、店内の空気が一変する。どこかにカメラでもつけられているのか、志波の登場を待っていたかのようにお客も増えた。

「お疲れさま、廣瀬くん」

にこりと笑う志波に太郎は「おつかれっす」と返す。そうして、顔をまじまじと眺めた。

「なに？　ぼくの顔に、何かついてる？」

小首を傾げて頰を擦《こす》る。その仕草がやけに艶《なま》めかしいなと思えば、ブックコーナーあたりから「いまの顔可愛い！」という声がした。

「デニッシュパン食べてきたんだけど、パンくず？　ねえ、廣瀬くん」

綺麗な目で問うてくる志波に、太郎は小さく舌打ちした。

「可視できるもんは何ひとつついてねえっす」

「うう、すぐ、そんな風にぼくをいじめる……」

哀しそうに眉《まゆ》を寄せる志波から目を逸《そ》らし、太郎は小さく息を吐いた。


バイトから帰ると、今度はアパートの部屋の前に椿が立っていた。

「たろちゃん！」

目が合うなり、にこりと笑う。その笑顔に「何の用だよ」と顔を顰めて見せた。

「お前さ、いい加減彼氏だか何だかにいちいちオレのこと言うの止《や》めてくれね？　つか、バイト先まで来させるな」

椿の唇が、奇妙に歪《ゆが》んだ。湧《わ》きあがる笑みを堪《こら》えているのだ。昔はこんな、嫌な表情を見せなかったのにな、と太郎は思う。

「こうちゃん、バイト先まで行ったって、ほんとうだったんだ……」

「は？　そんなくだらねえこと確認に来たわけ？」

呆《あき》れ返ってしまう。愕然《がくぜん》とした太郎に気付かず、椿は「そんなこと、しないひとだと思ってたの」と声を弾ませる。

「ねえ。これって、あたしのことをちゃんと好きでいてくれてるってことなのかな？」

「そんなの知らねえよ。それより、バイト先を教えんなよ。本気で迷惑なんだって」

苛々《いらいら》してため息を吐くと、椿は首を傾げて「たろちゃん、怒ってるの？」と訊いてきた。

「当たり前だろ。椿さ、自分も働いてるんだから分かるよな？　邪魔しちゃいけないラインってあるだろ」

「あたしじゃないもん、彼氏が勝手に」

「お前が言わなきゃいいことだろ。あのさあ、いい加減オレのこと忘れろよ」

どうして、フラれた側がフッた側にこんなことを言わなくちゃいけない。はあ、ともう一度ため息を吐くと、椿の目に涙が盛り上がった。

「酷い。たろちゃんは、忘れたの？」

「お前さ、オレに何を求めてんの」

どうせ、「覚えてるよ」とか「忘れられるわけないだろ」とかいう回答を期待しているのだろう。しかしそれを言わせて椿がどうするかといえば、利用するだけだ。

「そういう無駄な質問すんなよ」

「無駄って、だってあたしはたろちゃんのこと、やっぱり特別だったから……」

「その言葉でオレが喜ぶと思ってんの？」

何度も何度も、息を吐きたくなる。ため息を吐くとしあわせが逃げると聞くが、それでも構わないから椿を一緒に連れて行ってくれ、と思う。

「それとも椿は、オレとヨリを戻したいとでも思ってんの？　それなら中入れば？　とりあえず、やらせてもらうわ。最近溜《た》まってるし、ちょうどいいや」

椿がさっと顔を赤くした。

「酷い！　どうしてそんな酷い言い方するの」

「やらせてくれるなら入れよ」

太郎はもちろん、本気の言葉ではない。太郎の中では、椿とのことはすっかり終わった過去の関係でしかないし、椿とヨリを戻したいとも思っていない。かつて可愛いと思った表情や仕草を見ても、過去の写真を懐《なつ》かしむような気持ちにしかならない。過去に好きだった女の子といまさら関係を持っても、虚《むな》しくなるだけだと思う。

「そんなつもりがねえなら、さっさと帰れ。それか、彼氏だかのとこでも行けよ」

椿を押しやって、部屋のドアを開ける。

「行くもん！　何よ、やっぱりあたしに未練があるんでしょ！」

「からだには、あるかもなー。じゃあな」

ドアを閉めて、鍵《かぎ》をかける。椿は「バカ！」「サイテー！」と声を荒らげながらドアを叩《たた》いて、しかし太郎の反応がないことに諦《あきら》めて、帰って行った。

気配《ご》が遠ざかるのを感じながら、太郎は「言ってやればいいんだろうな」と小さく独り言ちた。

「自分の恋愛の試金石にオレを使うなって」

太郎と別れた後、椿が正式に付き合いだしたのはネイルサロンの隣の美容室のスタイリストだった。二十八歳とかで、最初こそよかったけれどこの男には同棲している彼女がいた。椿は単なる遊び相手だったのだ。元読者モデルだという彼女は、垢ぬけた椿と比べても圧勝する華やかなひとだった。こんなださい女と浮気だなんて許せない、椿はそんな風に罵《ののし》られたらしい。その次は、太郎と同じ大学のふたつ上の先輩。このひとも椿のことを遊び相手のひとりとしてカウントしていた。三人目はファミレスのキッチンで働く男で、女遊びはしなかったけれどギャンブル好き。負けると椿に八つ当たりし、最終的に暴力にまで発展したので椿が逃げた。四人目、五人目と続いたけれど、どの男も椿をほんとうに想《おも》って大事にしているとは思えなかった。

『満足に見定めもせずに、言い寄ってくる男のひとと手あたり次第付き合って、そんで失敗してる』

そう言ったのは、これらの情報を太郎に教えてくれた椿の元友人だった。メイク覚えて服装も変えて、それでちょっとちやほやされたもんだから、調子に乗っちゃったんだと思う。もっともっとハイスペックな男のひとに愛されちゃうはずだって考えて、でもうまくいかなくって、こうじゃないってあがいてる。そりゃ、昔に比べたら段違いで可愛くなってるよ。でもさ、広い世界の中ではたいした変化じゃないんだよね。世の中もっともっと美女っているからさ。

そういうことは本人にちゃんと教えてやれよ、と言ったけれど、彼女は『やだよ』と笑った。

『あたしたちの友情はもうきれいさっぱりないの。大事な彼氏を陰キャとばかにされた時点で、消えてなくなった』

　彼女が付き合っているのは太郎の高校からの友人で、将棋部だった。野球部と比べると地味で目立たない部だったけれど、とても面白いひとが揃っていた。あの部のメンバーのお陰で、太郎はネット将棋で三級に勝てる力をつけてもらった。いまでもときどき、ネットで対戦する仲だ。でも、下関で綺麗になった椿は、彼らを『陰キャ』と言い捨てたのだ。

『断言してもいいけど、あの子が付き合ってきた男の中で、あの子を一番大事にしていたのは太郎だよ。本人も、薄々気付いてると思う。でも、認めたくないんだよ。ダサいと捨てた男しか自分を大切にしてくれない、なんてさ。だからわざと太郎の話題を出して、相手に嫉妬してもらいたいんだ。そんで、太郎よりも自分のこと愛してくれてるって思いたいんだよ』

　その話を、くだらねえと笑い捨てたのは大学二年のころだったろうか。そんなことでオレを利用してんのかよ、と。でもあれから一年以上経ったいまも、椿は彼氏ができるたび、太郎のことを匂わせる。

最初は、それで椿が満足するならいいと思っていた。いずれいい相手に巡り合って、そうすれば自分のことは忘れるのだろうと。でも椿の恋愛はうまくいかないままだ。太郎との匂わせが原因のことも、そうでないこともあったけれど、続かない。椿の元友人の言う、手あたり次第であるのならそれも当然なのかもしれない。

きちんと言ったほうがいいのだろう。相手を試さないと満たされない恋愛ばかりしていても意味がないのだと。ほんとうに大事にしあえる相手と付き合うべきだと。でも、どうしてそれをオレがわざわざ言ってやらなくちゃいけない？　とも思う。自分の自尊心を満たすために、別れた後もオレを利用し続けている女に、そんな情をかける必要などないのではないか。

「どうしたらいいんだろうなあ」

椿と関わると、自分のことがとても矮小《わいしょう》な男に思えて仕方ない。太郎は頭を振った。

数日後の夕方、太郎がバイトを終えてバイク置き場に行くと、ツギがいた。

「おーす、廣瀬くん。バイト終わりだよな。いまからヒマ？」

「どうしてシフト知ってんすか」

驚いて訊けば、ツギは「勘」と答えた。

「ついでに言うと、君にこれからの予定は入ってなさそうだなと感じている」

「え、それはもはや特殊能力の域でしょ……」

　まさしく予定から空きの太郎は顔を引き攣《つ》らせたが、ツギは「おれの勘、すげえ当たるんだ」と真顔で言う。

「結構前に山で修行している僧に会ったんだけど、なんかすげえ感覚の鋭い守護霊がいるんだって。眉唾《まゆつば》もんだけどな……って話が逸《そ》れた。それよりヒマなんだろ？　飯食いに行こうぜ。志波三兄妹と」

「うえー」

　正直、行きたくない。その三人と顔を突き合わせてどんな話をすればいいのだ。顔を顰めていると、ツギはふいに太郎の愛車を振り返り見て、「それよりさ。これ、めっちゃいいバイクだな」と言った。

「艶々《つやつや》で、どこもかしこも磨かれてる。すげえ大事にしてんね。もうどれくらい乗ってんの」

「え？　あ、二年くらいっすかね。大学一年の秋からここでバイトして、金貯めて買いました」

「いい趣味してる」

　太郎の心がぐんと跳ねる。自分のことよりバイクを褒められる方が嬉しくなったのは、いつからだったか。いまではバイクを褒めてくれたひと＝いいひと、だ。

「おれの知り合いにもバイク好きがいてさ、ホーネットにも乗ってるやついるんだよ。めちゃくちゃカスタムしてて、YouTubeでもわりと人気でさ」

知ってるかな、とツギが口にした名前は、太郎がチャンネル登録をしている憧れのひとだった。

「うおー？　マジっすか。ほんとっすか？　オレ、あのひとの動画全部観てます！　熊本のひとですよね」

「そうそう。阿蘇《あそ》パノラマラインだったかな。走ってるときにたまたま知り合った」

このやりとりだけで、太郎のツギに対する警戒心がきれいさっぱり霧散した。神ともあがめているひとの知り合いに、悪人がいるはずがない。

気付けば太郎はツギに誘われるまま居酒屋に入り、ジョッキをぶつけていた。半分ほど飲み干して、宿の確保をしていなかったことに気付く。大学の友人の実家がこの辺りだったから頼んでみようか、いや、バスの最終までに帰ればいいか。しかしそれを察したのか、ツギが「おれの部屋に泊まれよ。バイク好きが好き勝手に本置いてくからさ、ちょっとした本屋が開けるくらいあるぞ」と言った。聞けば、その部屋には神も泊ったことがあるという。

「マジっすか。いいんすか。天国じゃないすか」

テンションが上がる。魅力的なひとと一緒にいるときにしか感じない高揚感に包まれる。そういえば高校時代は憧れのＯＢに纏わりついていたっけと太郎は思い出す。懐かしい感覚だ。

ツギと話が盛り上がっていると店の入り口の方の空気が一瞬ざわめき、見れば樹恵琉と志波が揃って入ってくるところだった。異様な空気を放つふたりに、酒の入った客たちの目が奪われる。周囲を見回すひとは、テレビか映画の撮影に違いないとカメラを探しているのだ。こがね村店内でもよく見られる仕草なので、よく分かる。

「おー、こっちこっち！」

ツギが手を振ると、樹恵琉がぱっと顔を明るくした。嬉しそうに、太郎たちがいる四人席の小上がりまでやって来る。

「遅くなってごめんなさい。わあ、ツギすごい。ほんとに廣瀬くん連れて来てくれてる。廣瀬くん、こんにちは！」

言いながら樹恵琉がぶんぶんとサンダルを脱ぎすて、それを召使いよろしく志波が拾い並べる。樹恵琉は迷わずに、太郎の横に座った。

「ミツだと断られちゃうんだもん、さすがツギ」

「ぼくだと廣瀬くんに警戒されちゃうんだよねえ。廣瀬くん、お疲れさま」

にこりと志波が笑い、狭い席の空気が一気に華やかになる。これが、三兄妹のパワーか、と太郎は感心した。大学の友人たちともふらっと入る気安い居酒屋の一角が、急にラグジュアリーになった気がする。しかしちょっと暑苦しくもあるな、と思う。この三人、纏うものがいちいちうるさいのだ。なんてことを言うと、ファンに殺されてしまいそうだけれど。

「ああ、そういや店長にも食事誘われたんでしたっけ」

ふと思いだす。最近何度か、食事に行かないかと誘われた。もちろん、即拒否した。

「行く意味ないし。店外でまで振り回されたくねえんで断りましたけど」

すっぱりと言うと、あう、と志波が情けない声を出す。

「廣瀬くん、ひどい」

「酷くねえっすよ。店長のもめごと処理は、時給内だと思ってるからやれてるんですよ。時間外労働はしません」

ツギが「だよな」と大きな口を開けて笑う。

「その苦労、分かるぞ」

店員が来て、志波と樹恵琉が飲み物の注文をする。樹恵琉は太郎に「あの！　誘ってしまってごめんなさい」と頭を下げた。

「ミツから、あんまりやると廣瀬くんの迷惑になるって叱《しか》られて。でも一度ちゃんとお話がしたくて誘いました！」

「あー、と。なんで？」

ツギに惹かれて来てしまったが、本来この子の頼みだったのだ。

「オレ、君が興味を持つようなタイプじゃないと思うけど」

キラキラ族の中だと特に埋没してしまいそうな自分に、どうして。訊くと、樹恵琉は小首を傾げた。さらりと綺麗《きれい》な髪が揺れる。

「え、興味津々《しんしん》です。だって、面白そうなひとだもん」

当然、といった口ぶりだった。

「ミツにめちゃくちゃ手厳しいツッコミ入れるし、こがね村のひとたちにも可愛《かわい》がられているし。それにすっごく趣味が合うでしょ」

樹恵琉が、自分の斜め掛けバッグを太郎の前に掲げて見せた。

「魔法おじさんシゲルのアクリルキーホルダーと、こっちの絶望教団のマスコット、両方同時に褒めてくれたの、廣瀬さんだけなんです！」

それは、十年ほど前の深夜アニメのグッズと、二十年前に一曲だけヒットを飛ばしたバンドのマスコットキャラクターだった。そのふたつは、初めて樹恵琉が店に挨拶に来たときにも、バッグについていた。もうずいぶん古いもののはずなのに新品のように綺麗で、だから驚いた。思わず言うと、樹恵琉は『大きくなったらお気に入りのバッグにつけるつもりで、大事に取っておいたんです』と笑った。そして、『お好きなんですか』と訊かれて、頷いた。アニメはしっかりハマっていたし、バンドは父が好きだったから親子でしょっちゅう聴いていたものだった。

「たまたまでしょ、そんなの」

「そんなことないです。シゲルの得意技も覚えてて、かつボーカルのゲッツ聖人の誕生日も知ってるひとなんて、そうそういないですってば！」

樹恵琉は兄たちに「ねえそうだよね」と水を向け、志波は「ふたつとも知る人ぞ知る、だもんねえ」と頷いた。ツギは「おれ、アニメの方知らんかった」と言う。

「そんなん、日本中探せばいくらでもいるって。むしろ君が望んだら履修する奴《やつ》だっているよ」

「それって、意味ない。それに、廣瀬くんって他にもいっぱいいろんなこと知ってるんでしょう？　誰とも話が合うって聞いたんです」

村岡さんとはゲームで、高木さんとはアイドル。光莉さんは料理のアレンジ話ができるって言ってたし、と樹恵琉は言って、すごいと笑った。

「いろんなこと知ってる。だからお話ししてみたかったんです」

「いや、別に」

居心地が悪い。尻《しり》の辺りがやけにもぞもぞした。そんな風に言われたのは、初めてだった。

「バイクも詳しいしな。いろんなことに興味があるやつって、面白いよな」

ツギが言う。熱心にひとつのこと掘ってるやつってのは眩《まぶ》しく見える。でも多岐にわたっていろいろ知ってるやつもいい。いきなり予想外のものをこっちに放ってきてくれるワクワク感があるもんな。

それこそ、初めての言葉だった。

太郎は元々、いろんなものに関心をもつ性格だった。けれど、椿と別れたころから意識してもっと広範囲に目を向けるようにした。せめて、『知識』という自信を得ようとしたのだ。中身まで薄っぺらなんて御免だと、目に付くさまざまなものに手を出した。しかし深くハマったのはバイクと料理くらいで、それだってひとに感心されるレベルまでは達していない。これじゃ全然だめだと自分では思っていたので、ツギの言葉が痺《しび》れるくらい嬉《うれ》しかった。

「ありがと、ございます」

にやにやしそうになるのを堪えて言うと、「分かるよ」と志波が言った。

「深い世界に頭までとっぷりと浸《つ》からせてくれるひとにも溺《おぼ》れたいけど、広大な世界に手を引いて連れて行ってくれるひとに翻弄《ほんろう》もされたい、というところだね。どちらも魅力的だものね。ぼくはどっちも、好きだよ」

やけに艶めいて言う志波に、太郎の盛り上がっていた感情がすっと消える。このひとが言うとうまく受け入れられないのはどうしてだ。その代わりに、突き出しを持ってきた若い男性店員が「はひ」と変な声をあげた。また無駄に陥落させる……、と太郎が呆《あき》れれば、ツギが弟に「ミツは黙ってろ」とジョッキを突き出す。志波はしゅんとして、与えられたジョッキに口をつけた。

「おれも、どんな奴か一回話してみたかったんだ。自慢じゃないが、うちの妹は、どういうわけだか人を見る目がある。話したい、気になる、っていう奴はたいてい面白いんだ」

自分の分のジョッキをぐいと傾け、ツギはにっと笑う。

「だいたい、あのこがね村で働ける奴が面白くないわけがねえ」

「オレは、つまんねーくらい普通っすよ」

言って、寂しくなる。どこをどう勘違いされたのか知らないが、自分が何も持っていないことなど、自分が一番よく知っている。

だいたい、この三人は分かっているのだろうか。店内の興味が自分たちに注がれていることを。うつくしく華やかな自分たちが、特別だということを。

持ってる人間にゃ、分かんねえか。

打ちのめされることなどないのだろう。太郎はぐっと冷えていく心を持て余しながら、小さく笑った。

「広い世界のたくさんの個性の中に埋没してくだけっすよ、オレみたいな無個性は」

酔ったつもりはないけれど、思わずそう言ってしまった。しまった、と焦ると、ふっと志波が顔を上げる。

「ぼくは、廣瀬くんが無個性だなんて思わないけど。すごく個性的じゃないか」

「何を言ってんすか」

「何を言ってるのか聞きたいのはこっちだよ。こんなにも君が好きなのに、個性がないなんて言ってほしくないな」

ねえ、樹恵琉。そう志波が言うと、樹恵琉も頷いた。

「個性って言葉の意味はうまく説明できないけど、魅力を感じる部分ってことでしょ？　じゃあ個性的だと思う。あたしのほうが、個性がないよ」

「それこそ何言って……」

「たとえばぼくがいま魔法でこの容姿じゃなくなったら、どうだろう」

志波が言う。無個性だという君の姿になったら、どうだろう。ぼくはこの世界に埋没してしまうと思う？　目立たなくなると思う？

純粋な目で見つめられて、太郎は「それは、ないんじゃないっすか」と即答した。

「店長がひとに好かれるのって、見た目だけじゃなくて、なんつーか、愛がすげえってのが重要でしょ」

接客を見ていればわかる。このひとは接するその瞬間、自分の瞳《ひとみ》の中にいるひとに対して誠実に愛を注いでいる。そのひたむきさのようなものが、ひとを惹《ひ》きつけるのだ。もちろん、うつくしい見た目や頭を麻痺《まひ》させそうな変な匂《にお》いを放っていることも大きいだろうが、このひとの芯《しん》は決して、そこではない。

誰にも言っていないし、これから先も言うつもりのないことだけれど、太郎は志波のそういう接客に救われたことがある。

椿にフラれて自分から自信が消え去ったとき、そのころ乗っていた自転車で門司港まで行った。がむしゃらに自転車を漕《こ》いで、纏わりつく嫌な感情から逃れたかったのだ。何者でもない自分、張りぼてだった自分が情けなかった。

野球をやめてからまともな運動をしていなかったせいか、すぐに息が切れてふくらはぎや太ももが悲鳴を上げた。汗がどっと噴き出る。とりあえず水分補給しないと、と入ったコンビニがテンダネス門司港こがね村店だった。そのときも、店内は志波を取り囲む女性たちで賑《にぎ》わっていた。ドラマの撮影かよ、と訝《いぶか》しみながらもペットボトルを取り、レジに向かおうとしたそのとき、急に足がつった。『ぎゃ』と悲鳴を上げて転んだ太郎にまっさきに駆け寄ってきたのが志波だった。『大丈夫ですか』と手を差し伸べてくれたその顔を見たとき、『あ、これこそがキラキラか』と思った。圧倒的な輝きを前にして、太郎は自分が輝けていなかったことを肌で感じた。

『もう、大丈夫ですよ』

優しく、微笑みかけられる。その綺麗な瞳に自分が映っているのを見て、太郎は息を呑《の》んだ。

志波は隣接のイートインスペースに太郎を運んでくれ、そしてかいがいしく世話を焼いてくれた。うつくしい眉をきゅっと寄せて『頭は打ってませんね？　痛いところはないですか』と言う顔は心の底から心配していることが伝わってきた。

『え、と。あの……、すんません』

頭を下げる。自分が倒れたせいで店内をいっとき騒然とさせてしまった。彼の周囲にいたひとたちも、すっかりいなくなった。申し訳ないことをしたと思っていると、志波は『店内でよかったです』と微笑んだ。

『すぐに助けられました。しかし、下関からここまで自転車で来られたとなれば、疲れたでしょう。ここでゆっくり、休んでくださいね』

『迷惑じゃ、ないすか。オレなんか』

スポーツドリンクを差し出され、顔を逸らしてそれを受け取る。そうしながら、何言ってるんだと思う自分がいた。何、構ってちゃんみたいな台詞《せりふ》を口にしているんだ。

しかし志波は『どうして』と心底驚いた声で言った。

『迷惑に思うわけないでしょう。お店の、ぼくの大切なお客様なのに』

普段なら、鼻で笑ってしまっただろう。大金を落とすわけでもない、ただのコンビニ利用客に対して大げさすぎる。しかしなぜだか、その言葉が太郎の心の奥底にまでまっすぐな光のように届いた。

『大事なお客様なんですよ、あなたは』

瞬間、涙がころりと零れた。どうして急に、と慌てて涙を拭《ぬぐ》う。志波はそれを見なかったふりをして、『ぼくがいると、休めませんよね。後でまた、様子を見に来ますね』と店に戻っていった。

誰もいなくなったイートインスペースで、太郎は泣いた。自分が誰かにとって大事な存在であることが、嬉しかった。それがたとえ初めて入ったコンビニの店員の接客文句だったとしても構わない。広大な世界に埋もれて消えてなくなってしまいそうだった自分が、ちゃんと認められた。それにただただ、救われる思いがした。

あのとき志波に出会わなかったら、きっともっと長く苦しんでいた。自分の存在の頼りなさに不安になって、ほんとうの自分の姿の小ささを前に立ち尽くすしかなかったと思う。

どうして彼はあんな接客をするのだろう。あのときたまたま？　オレの不調を察したとか？　不思議な気持ちでいたところに彼の店が求人募集していることを知り、すぐに応募した。

結果、あれは彼の通常の接客だと知り、愕然《がくぜん》とした。何十、何百、何千と来る客を全部受け入れようとするなんて、どうかしてる。ひとと向き合うというだけでも大変なのに、数が尋常じゃない。いつか、体を壊してしまうんじゃないかと思う。そんなにも愛を前面に出して接客しなくたっていい。コンビニ店員に、そこまで求めるひとなんていないから。

でも、志波はいつも、愛をこめて接客をする。

それによって増えた客の応対は正直面倒だけれど、仕方ない、とも思っている。自分も、救われたひとりだから。

「オレみたいな見た目になると多少ファンの数は減ると思いますけど、でも芯を見てるファンは絶対に残るでしょ。だから店長は、どんな姿でも埋没しないっすよ」

志波が、バラの蕾《つぼみ》が開くように微笑んだ。花園の蕾が一斉に開くような強さに、太郎は「うげ」と顔を顰めた。まるで、強い香水を鼻先で振りかけられたようだ。くしゃみがでそうになる。

「ああもう、なんすか、何喜んでんすか」

「だって嬉しい」

うふふ、えへへと笑う志波の代わりに、ツギが「お前、ちゃんとわかってんじゃん」と言った。

「お前の言う『芯』が個性であり魅力だ。おれたちはお前のその『芯』を見て、いいなっつってんだよ」

はっ、とした。芯。そんなもの、自分にあるだろうか。

「すごいと思うぞ。大学行って自炊して、バイトして、そんで自分をちゃんと育ててる。かっこいいじゃん。芯、太いじゃん」

ツギが優しく目を細める。ああ、どうしてこのひとはこんなに欲しかった言葉をくれるんだろう。めちゃくちゃ、かっこいい。太郎はこれまで胡散臭《うさんくさ》いとしか思わずにいた自分を深く悔いた。もっと早くにこのひとの魅力に気付いていたら！

「何すか、もう。オレ、ツギさんがこのあと壺《つぼ》とか出してきたら買っちゃいそうなんですけど」

感動したことを隠したくて言うと、ツギが豪快に笑った。

「壺はミツだろ。おれはそんな胡散臭えことしねえよ」

「え、待って兄ちゃん。ぼくだってそんなことしない」

「ねー、何でツギやミツばっか廣瀬くんと話すの？　あたしが廣瀬くんと話したいの！　魔法おじさんシゲルの話がしたいの！」

三兄妹が盛り上がる。その中に入り、笑いながら、太郎は胸の奥にずっと抱えていたしこりのようなものがすっと消え、そのかわりにしっかりした背骨が渡っているのを感じていた。

オレは、いまのままで大丈夫なんだ。

翌日、バイトが休みだった太郎は、何故《なぜ》か樹恵琉とツギと三人で唐戸《からと》市場に来ていた。ここに越してきてから観光的なことをしていないらしい樹恵琉がどこかに行きたいと喚《わめ》き、ツギが「寿司《すし》食いてえな」と言いだしたことで、唐戸市場になった。志波は、仕事である。ついて行きたいとごねていたが、同じシフトである中尾に連行された。

「今日は天気いいしさ、外で食おうぜ」

唐戸市場の南側は海に面しており、ウッドデッキが敷かれている。芝生も整えられており、関門海峡から向かい側の門司港の街並みまで眺めることができる。ツギの言う通り気持ちいい五月晴《さつきば》れで、空には雲がひとつもない。心地よい潮風が頬を撫《な》でた。

「わー、すっごく綺麗！　開放的！」

樹恵琉が嬉しそうに笑う。その笑顔を、太郎は初めて『可愛い』という感情で見ていることに気付いた。それから急に焦る。待て待て。自分に対するコンプレックスがなくなった途端にこのレベルの女の子を好きになるって、絶対やばい。さすがに高望みしすぎてるぞ、オレ。落ち着け。それに、前途多難すぎるぞ。

樹恵琉の太郎に対する感情は、決して恋愛の『好き』ではない。物知りだという部分や人間性に対する好奇心だ。それは前日のやり取りできちんと分かった。だから、もしこの子を好きになるというのならとても大変な道のりが待っている。もっともっとこの子に興味を持ってもらうために自分という人間に厚みをもたせなくてはならないし、たくさんのファンも控えている。高木に思いを知られようものなら毒虫扱いされかねない。それに何より、キャラの濃すぎる兄たちがいるのだ。

しかも兄は、他にふたりいると聞いた。長兄一彦《いちひこ》は修験者《しゅげんじゃ》で海外のどこかの山に籠《こも》っており、四兄の四彦《よひこ》は旅人でエジプト辺りにいるという話だが、職業だけですでにキャラが立っているなんて、どうかしている。志波家はどうなってるんだ。

「こんな素敵なところに住んでるって、すっごくいいね。廣瀬くん」

にっこりと笑いかけられて、太郎の心臓が跳ね上がる。いや待て落ち着け廣瀬太郎。冷静になれ。この子のバックを思い出してみろ。命懸けの可能性があるぞ。

「え？　あー、いや、オレ、ここに来たの初めてで」

下関に住んで四年目になるというのに、初めてだった。気持ちを落ち着かせるために周囲を見回した太郎は、ふっと息を呑んだ。海の青と空の青。橋の上を走る車たち。船がゆったりと走っている。驚くほど、心地良い風景だった。こんな場所が、あったなんて。もっと早くに来ていればよかった。なんてもったいないことをしたのだろう。

「どうかしたの、廣瀬くん？」

黙りこくった太郎に、樹恵琉が訊《き》く。

「あー、いや。こんな感じで、早く知っておいたら早くしあわせになれたのに気付けていないことって、多いんだろうなと思ったんだ」

これからももっと、そういうものを見つけるのだろう。そうして悔しがるのだろう。なるほど、と頷いた樹恵琉が「あたしも早く、やりたいこと見つけたいなー」と伸びをしながら言った。

「自分が一生やりたいことを早く見つけたい。もっと早く見つけられてたらなって後悔をしたくないんだもん」

「……ああ、そうだな」

返しながら、でもオレにはそういう『やりたいこと』がないんだったと太郎は思い出す。見つからないまま、いや、見つけようとしないまま大学四年生まで来た。大学を卒業したら親の会社を継ぐ、そう決まっている自分が探していいことではない。だから何もかもが広く浅くの趣味で留まってしまったのかもしれない。心のどこかで深入りしないようにストップをかけていた自分がいやしなかったか。

「そうでもねえぞ」

言ったのは、いつの間に買ってきたのかふぐの唐揚げを頬張っているツギだった。

「遠回りのもどかしさや足踏みしてたときの焦燥感。そういうもんを知らねえと、手に入れたもののありがたみが分からなくなるってこともある。当たり前だと思うと、ちゃんと大事にできなかったりもする。望んで望んで手に入れたものは、すげえキラキラ輝くもんだ」

香ばしい匂いにうつくしい黄金色《こがねいろ》の衣のふぐをもりもりと食べ、「たいていの宝物は自分の手の中で初めて輝くもんなんだよ」とツギが言う。ひげに衣がくっついていた。

「分かるか、樹恵琉。兄ちゃんいま、かっこいいこと言ったぞ」

「ハァ？　ツギ、なんでひとりで美味《おい》しそうなもの食べてんの！」

樹恵琉がぶう、と頬をふくらませた。

「あたしも食べたい！　それ全部ちょうだい！」

「おいこら、おれの台詞無視か！　買ってやるから騒ぐな！」

ふぐの取り合いを始めた兄と妹を太郎は眺める。

自分自身への自信のなさという悩みが、昨晩消えた。それだけで、頭の中でごちゃごちゃしていた問題が整理されていく。次に考えなくてはいけない問題が、くっきりと見える。

オレ、このまま流されるままに親の会社を継いじゃダメだな。

それでいいと思っていた。そういうものだと割り切ったつもりでいた。しかし、自分には未来や可能性がないと憂《うれ》えている自分も確かにいて、そういう自分を無視し続けてはいけないと思う。ただ受け入れ流されるのではなく、仕方ないと諦《あきら》めるのではなく、きちんと悩み迷うべきだ。このままだと、当たり前に与えられたものをありがたがるどころか、疎《うと》んじてしまうだろう。

一度実家に帰って、オヤジたちに自分の迷いを伝えてみようか……。そんなことを考えて、太郎は思わず笑った。いまのオレ、劇的な変化を迎えていやしないか？

何年も胸の内で燻《くすぶ》らせてきた問題、目を背けてきた不満に向き合おうとする自分なんて、信じられない。こんなにもあっさり、心境を変えたりするものなのか。しかし、そういうものなのかもしれない。誰かの優しい目、何気なくも心配りのある一言、そういうものが背中を押してくれる。その柔らかな力で、ひとは変わる。

ふっと空を仰ぐ。青々とした空は高く、白い鳥が優雅に弧を描いていた。

「廣瀬くん？　ぼんやり空見上げてどうしたの？」

樹恵琉が不思議そうに訊いて、太郎ははっとした。

「ツギさん、樹恵琉ちゃん。ごめん、オレ行かないといけないとこがあるから、行ってくる」

思わず、そう言っていた。きょとんとするふたりに、「話をしないといけないひとがいること、思い出したんだ。少しでも早く伝えたほうがいい気がして、だから、ごめん！」と頭を下げて、太郎は駆けだした。停めていたバイクに乗り、エンジンをかける。

余計なお世話なのかもしれない。そもそも、オレが言わなくてもいいことかもしれない。

でも、やっぱり言っておくべきだと思う。あの子の為《ため》にも、きっと。

遠い昔に何度も通った部屋までの道のり。太郎は流れる景色の中に身を置きながら、懐《なつ》かしい過去を思い返していた。

チャイムを鳴らすと、出てきたのは店に怒鳴り込んできた男だった。息を切らせた太郎を見て「は、何お前」とすごむ。

「ごめん、ちょっと椿に用事があって」

「は？　おい椿、ちょっと来い！」

男は太郎の登場関係なく、機嫌が悪いようだった。室内の方へ怒鳴り、少しして泣き腫《は》らした顔の椿が出てきた。右頰が赤い。

「なに、殴られたの」

驚いて男を見ると「浮気するこいつがわりいんだよ」と椿の頭をぱちっと叩く。

「お前入れたら三股《さんまた》だぞ。調子に乗んな、だろ。つーか、こんな尻の軽いブスもういらねえわ」

男は吐き捨てるように言って、部屋を出て行った。それと同時に椿がへたり込んで泣き始める。

「不安になるんだもん。大事にしてほしいだけ、愛してほしいだけだもん……」

しゃくりあげて泣く椿の肩が薄い。付き合っているころはふっくらしていたのに、いつからこんなに痩《や》せたんだろう。それが、見て見ぬふりをしてきた自分を責めているようで、太郎は一瞬目をぎゅっと閉じた。

「椿をほんとうに大事にしてくれるひとを見つけろよ」

目元を拭う椿の手が止まった。

「試し行為なんてしなくてもいいひとと付き合え。不安なのは、分かるよ。自分が誰かにとって大事な存在なのかどうか、って怖くなる気持ちは、理解できるつもりだ。でも、そういう不安を抱かせないひとって、絶対いるから。椿のことが大事で、大切だって言ってくれるひとは、椿を心から安心させてくれるひとは、絶対どっかにいるからさ」

見上げてくる椿の目に、新たな涙が湧《わ》いた。

「そんなひと、きっといないもん……。ねえ、たろちゃんは？　あたし、また、たろちゃんとならやり直……」

「それは、ごめん。オレは、椿のことはもう大事にできない」

きっぱりと言うと、椿の顔がくしゃりと崩れた。

「昔みたいな感情が、もう持てないんだ。オレはここに、椿のやってることを『面倒くせえ』『うぜえ』って、ときどきは『バカみてえ』って放置し続けたことを懺悔《ざんげ》しに来たんだ」

「酷《ひど》っ……、なにそれ」

　椿の声が震える。涙がぽたたとしたたり落ちる。

「うん。すげえ酷いよな。オレもそう思う。でも、それだけじゃない。オレさ、懺悔したくなったのと同時に、椿にしあわせになってほしいって、思えたんだ。ほんとうに、心からそう思えた」

　太郎は椿の前にしゃがみ込んだ。化粧がすっかり剝《は》げた顔を覗《のぞ》き込む。

「一度も言えなかったから、いま言うよ。椿と付き合ってたとき、すごくしあわせだった」

　高校から、大学一年の夏まで。椿との毎日は楽しくて、しあわせで、そして自分は何でもやれる、何にでもなれると信じられた。それは椿が、自分がいい男なのだと勘違いしてしまうほど熱心に告白してくれて、下関までついてきてくれるほどの思いをくれたからだ。椿はいつだって、大好きだって全身で言ってくれていた。

「オレがいっとき輝いて見えたのは、椿のお陰だった。別れたとき、椿が勝手にキラキラフィルターでオレを見ていたんだろ、って言ったけど、違う。椿がちゃんと、ほんとうにオレを輝かせてくれてたんだと思う」

　たろちゃん、たろちゃん。椿から名前を呼ばれるだけで、自分が上等の男であると自信がついた。

「椿はさ、個性のないひとりの男をキラキラさせられるパワーがあるよ。すごくいい女だ。だからさ、椿の良さを分からないような、椿を適当に扱うような男と付き合うのはやめてくれよ。椿が、もったいない」

椿が両手で顔を覆《おお》う。だって、だって、と手の中で繰り返す椿の頭に太郎は手を伸ばしかけて、しかしすんでのところで止めた。その手で自身の頬を掻《か》き、「大丈夫だから」と言う。

「別れて何年も経《た》つけどさ、もう昔みたいには付き合えないけどさ。でもオレはずっと、椿のこと忘れねえから。椿がオレにとって大事な女の子だったこと、輝かせてくれたこと、忘れねえよ。そんで、オレの大事な子が、誰かにはもっと大事な存在になるのは当たり前だと、信じてっから」

うまく言えなくて、もどかしい。志波だったらもっと情熱的に言うのだろう。ツギだったら、もっとかっこよく言える。でも、オレはオレなりに言うしかない。オレのこの思いが届きますように、椿が新しい一歩を踏み出す力になりますように。太郎は祈りながら言った。

ふっと顔を覆った手を離した椿が、太郎の胸元に軽くこぶしを当てた。一度、二度。それから「もう嫌？　あたしのこと」と小さな声で訊く。

「嫌とかじゃ、ない」

でも、もう昔のようには付き合えない。ここで再びヨリを戻したとしても、きっとうまくいかない。

長い沈黙のあと、椿がため息を吐《つ》いた。

「たろちゃんと別れたあたしが、ばかだった」

「どうだろうな、それは」

「たろちゃんが、あたしをキラキラ可愛くしてくれてたのにね」

椿が小さく笑った。髪の色変えて、ネイル変えて、メイクして。毎回、可愛い可愛い、すごいすごいって褒めてくれた。だからあたし、自分がすごく綺麗になれた気がしてたんだ。

その声は少しだけ頼りなくて、昔の椿にどこか似ていて、だから太郎は「可愛いよ」と言った。

「いつだって茂子《しげこ》は可愛い」

椿茂子ははっとして、頬を赤く染めた。

「その名前、禁句だから！」

どこか懐かしい、かつての椿を思わせる可愛い顔だった。

＊

廣瀬太郎は、この日すこぶる機嫌が悪かった。嫌なことが重なりすぎた。

「何で！　志波兄妹に振り回されなきゃなんねえんだ！」

志波ファンの隠し撮りを注意し、樹恵琉ファンの喧嘩《けんか》の仲裁。志波ファンの集いという訳の分からないイベントを開催したいのだが隣のイートインスペースを貸してくれという謎《なぞ》団体の応対。それらすべて、太郎が対応したのだった。

「だいたい、店長どこだよ！　オレ、休憩も行けてねえんだぞ」

「外でファンクラブに囲まれてますねえ」

村岡の言葉に外を見れば、こがね村ビルの住民女性たちに囲まれていた。バラの花束なぞ抱えている。どうして何のイベントもない平日の昼間に深紅のバラをプレゼントされるのだ。意味が分からない。

ダッシュで店を出て「テンチョー！」と声をかけ、いや、怒鳴る。

「そろそろ仕事してくんねえすか。オレ休憩いけねえんすけど」

不機嫌をただ洩《も》れにして言って、店内に戻った。あのひとはもう、と愚痴を零していると、イートインスペース側から「廣瀬くーん」と声がした。振り返れば樹恵琉がいて、

「そろそろ休憩？　一緒にご飯にしない？」と微笑《ほほえ》んだ。いつからいたのか、ツギまでいる。

「お。おう、いいぞ」

答えて、レジに戻る。村岡が太郎を見てにやりと笑った。

「廣瀬くん、もしや翼、手に入れちゃった感じすか？」

顔、デレてますよ。そう言われて、手を顔に添える。くっきりと口角が持ち上がっているのが分かった。

「翼、あったかもしんねえな」

小さく呟《つぶや》くと、村岡が綺麗《きれい》な口笛を吹いた。

第三話
クイーンの失脚

クラスメイトの栗原志摩《くりはらしま》には関わらないほうがいい。

そういう噂《うわさ》が村井美月《むらいみづき》の耳に入ったのは、夏休みを目前としたころだった。

「いっつも変なひとと一緒にいるの。あれ、やばいよ」

放課後や休日、友人とはとうてい思えないひとと一緒にいるところが多々目撃されているという。それはひげもじゃで派手な色のツナギを着たオッサンだったり、赤いオーバーオールを着て赤い自転車に乗っているハゲたおじいさん（情報量が多すぎる）だったりするらしい。

「あたしの友達は、ムームーおばさんと歩いてるところ見たんだって。夏になると派手なムームーしか着ないおばさんで、チャチャタウンによくいるんだけど、知ってる？」

教えてくれたのは、高校に入学してからできた友人、水戸江里菜《みとえりな》だった。人目を惹《ひ》く華やかな顔立ちをしていて、他校に中学校のころから付き合っている同い年の彼氏がいる。同じ中学出身の子ふたり――どちらもおしゃれに熱心な派手な容姿の子たち――とグループを作っていて、その中に美月も入っている。江里菜曰《いわ》く、絶対気が合うと思ったそうだ。美月は、特に思い入れもなく、一緒にいる。

「噂もムームーおばさんも知らない」

本を読んでいた美月はすげなく返した。ほんとうは、赤いオーバーオールのおじいさんだけは分かった。門司港《もじこう》にいる、赤じいと呼ばれている名物的なひとだ。いつも赤い大人用三輪車に乗って門司港をうろちょろしている。すれ違おうものなら「こんにちは！」「気をつけて帰れよ！」と大きな声で言う。怖い顔をしているくせにニコニコと笑うさまは、小学校の頃はひたすら怖かった。しかし悪い噂は聞かないし、親しくしている大人たちもいるみたいだから、多分害はないのだろう。でも美月は好きではない。赤じいに怯《おび》えた気持ちを覚えているし、いまだに意図が摑《つか》めない。本人は『門司港観光大使』を自称しているらしいが、あの見た目でよくもそんなことが言えるものだ。不審者として通報されないのが不思議なくらいだ。

「栗原さんって東京の子、だっけ？」

入学式の翌日、初めてのホームルームでそれぞれが自己紹介をした。その中で『東京から越してきました』と挨拶《あいさつ》をしたのが栗原だったはずだ。

「そう。東京っても、めっちゃダサいけど」

くすくすと江里菜が笑って、顎《あご》で指し示す。教室の窓際《まどぎわ》一番隅の席で、栗原がせっせとノートに何か書いていた。もともと猫背気味の背をもっと丸めて、机にくっつくんじゃないかと思うほど、顔を寄せている。ピンク色の眼鏡のフレームが夏の走りの光を受けてキラキラ輝いていた。

栗原志摩のことを、美月はほとんど知らない。クラスメイトになってから数ヶ月経《た》つが、挨拶すら交わしていないかもしれない。背が低くて痩《や》せぎす、真っ黒の髪は後頭部を刈り上げているほど短い。太い眉毛《まゆげ》とピンクの眼鏡のイメージはあるけれど、顔立ちまでは思い描けない。

「まあ、おしゃれではなさそうだよね」

かたちのよい耳を見ながら、美月は言う。校則に触れない中での最大限で、自身の手入れをしている江里菜と対極にいる。ということは自分とはきっと相いれないだろう、と思う。これまで、自分自身に手をかけないタイプの子と仲良くできた例《ためし》がない。髪を短くしている子とも。

「まあ、あの素材じゃ何やったって似合いそうにないけど。小学生みたいじゃん？　しかも、あの子が喋《しゃべ》ってるの聞いたことある？　めっちゃアニメ声なの！　頭のてっぺんから声だしてんじゃない？　ってくらい変な声で、しかも、なんとかなのだ、って最後に『なのだ』ってつけるの。アニメのキャラの真似《まね》じゃないかって話。キモくてウケる。アニオタおつかれって感じ」

江里菜が笑う。美月はそれを「アニメ好きかあ、それはそれは」と曖昧《あいまい》に返した。

「でも、どうしてそのアニメ好きな子が、そういうひとと絡《から》んでるんだろうね」

「さあ？　分かんない。でも、オッサンとかおじいさんはあれじゃないかって噂だよ。エンコウ」

そっとひそめた江里菜の声に、悪意が滲《にじ》んでいた。

「ロリコン趣味の男っているらしいし、そういうひとたちには需要があんのかも」

「さすがに、それはないでしょ」

赤じいのことをよく知っているわけではないけれど、どちらかと言えば援助交際を止める方の人間だと思う。それに、シャーペンをもくもくと走らせる栗原の横顔は、ゲームに夢中になる子どものようだった。こちらも、そんなことをしそうに見えない。しかし江里菜は「見た目じゃ分かんないって」と顔を顰《しか》めた。

「あーいうのが実は、ってことあるんだよ？　てか、迷惑なんだよね。あの子さ、そういうひとたちと制服で歩いてんのね。だからさ、ウチの学校の生徒がエンコウＯＫだと思われたら困るじゃん。あたしたちとか、ただでさえ勘違いされやすいのにさ」

「それは、まあ」

一理ある、と美月は思った。明らかに身内ではなさそうなふたりが意味ありげに街中を歩いていて、その片方が自分と同じ制服を着ている、というのはどういう勘違い、弊害を生むか分からない。

「どうして、彼女はそういうことしてるんだろうね」

「分かんない。中学のときのこと知ってるひとでもいればいいけど、いないしね。亜美《あみ》や沙織《さおり》は、先生に報告しようって言ってる」

亜美と沙織は、グループのメンバーだ。ふたりとも可愛《かわい》い顔をしていて、性格はわりあい保守的。気が強くてはきはき物を言う江里菜にいつも付き従っている印象だ。そのふたりが先生に報告しようと言うのは、彼女たちも少なからず栗原の行動に疑問を覚えているからだろう。

「そんなに、危ない印象なんだ」

「女子高生と不潔なオッサンの組み合わせ、そりゃやばいでしょ。つかあいつ、友達もいないしね」

「へえ」

「多分、みんなヤバい奴《やつ》だと察して離れてるんだと思うよ。あたしたちも気をつけていこうよね。てか、ヤバい奴と同じクラスってまじ最悪」

やだやだ、と江里菜が頭を振ったところで、担任が教室に入ってきた。

「はーい、席について。さっさとホームルーム終わらせて帰るよー」

三十代の女性教諭、林聡子《はやしさとこ》はてきぱきとした性格の、綺麗《きれい》な容姿のひとで、クラスメイトからとても好かれている。いつも真っ白のシャツを着ており、その背筋はきちんと伸びている。ひとつに結わえたうつくしい黒髪を揺らしながら颯爽《さっそう》と歩く姿に憧《あこが》れている子もいるという。美月も、好感を持っていた。そんな林の登場に、放課後目前のざわめきがぎゅっと凝縮されて静かになる。

美月は本を閉じて、栗原をちらりと見た。まだ、何かをノートに書いている。ふっとノートを持ち上げた手の側面が黒くなっているのが見えた。

「こら、栗原。作業の手をやめる！」

林が栗原に気付いて注意をすると、はっとした栗原はにこりと笑った。

「すみません。いま、テンダネスの秋のお弁当商品案を練っていましたのだ」

確かに変わった声だ、と美月は思った。子どものころに夢中になったアニメの主人公の声にも似ている。誰かがくすくすと笑った。

「は？」

林が驚いたように口をぽかんと開ける。

「先生、知ってるのだ？　昨日から始まった企画で、秋をテーマにしたお弁当案を募集してるのだ。応募した案が採用されると、商品化もしてもらえるし、テンダネスオリジナルクオカードも貰《もら》えるのだ。きっとそれで買い物をすると、店員さんにもすごく感心されるはずで」

「ば、ばかなことを言ってないで、いまは私の話を聞きなさい！」

珍しく、林が声を荒らげた。生徒たちがクスクス笑い、江里菜は栗原にも聞こえるくらいの大きな声で「きっしょ」と言った。それらを見て、関わらないでおこう、と美月は強く思った。こういう、よく分からないことをしている子に関わると、絶対に嫌な目に遭う。

思い出すのは、ちょうど一年ほど前のこと。中学三年の夏、同じように意味不明なことをするクラスメイトに関わってしまった。彼女がクラスの雰囲気を乱していたから、注意したのだ。あのとき、クラス内の空気はほんとうに悪かった。学校に来たり、来なかったり。来てもすぐに帰ったりする彼女は長かった髪を短く切り、そしていつも頑《かたく》なに体操服を着ていた。それでいてそういう行動の理由を言わなかった。彼女が纏《まと》う空気は明らかに異端で、みんな言いようのない不安に似たものを感じていたのだ。だから美月は、クラスのみんなのために彼女を責めた。集団行動を乱さないで、と。

彼女がその理由を教えてくれていたら、責めたりなどしなかっただろう。むしろ、応援したと思う。彼女の抱える問題を少しでも軽くできるように、手伝いだってできたかもしれない。

でも、彼女は言わないままで、そしていなくなった。彼女を責めたことで、大好きだった幼馴染《おさななじみ》も、美月の元から離れていった。

正しいと思ったから、言った。そのとき使った言葉は確かに強かったかもしれない。でも、そうさせてしまった原因は決して私だけにあるわけではない。あの子にだってあったはずだ。辛《つら》い問題を抱えていた、それは可哀相《かわいそう》だ。でも、だからといって責任から逃れられるわけではないはずだ。こういう事情がある、という説明を放棄したことは、許されるというの？

田口那由多《たぐちなゆた》の顔と、幼馴染の桧垣梓《ひがきあずさ》の顔が交互に思い出されて、美月は無意識に唇を噛《か》んだ。

ほんとうだったら、この学校も梓と一緒に通う予定だった。大親友を公言している互いの母親たちが出会った女子高。母と、梓の母はここで出会い、友情を深め合ったのだという。そういう思い出の学校に梓と自分も通うことを、夢見ていた。けれど那由多との一件のあとから、梓は美月から離れてしまった。梓は志望校を変え、いまでは別々の学校だ。

ずっとずっと、妹のように守ってきた大事な幼馴染。姉妹のようであり、そして美月のことを一番理解してくれている親友だったのに。

どうしてよ、梓。

いまでも、叫びだしそうになるときがある。同じ制服を着て、同じ電車に乗って通うはずだった。高校生になったら一緒にやろう、そう決めていたいくつものことが、できないままだ。こんなはずじゃなかった、そう思ってしまう。私はあのとき、正しいと思ったことをした。なのにどうして、私を否定するような目で見たの。ああ、あのとき那由多がクラスを乱さなければ、こんなことにならなかったはずなのに。

情けなさと悔しさが混じった感情がからだの中を渦巻く。これまでに何度も味わい、その度に逃れたいと思うのに、どうしようもできない。美月はそれを見ないふりをするように、教卓で喋る林に目を向けた。

放課後は、江里菜たちと遊ぶ約束になっていた。江里菜の彼氏の吉川敦《よしかわあつし》の友人グループと一緒に、チャチャタウンで映画を観《み》るのだ。いま話題になっている恋愛映画だが、美月は正直乗り気になれない。甘ったるいストーリーは好きじゃないし、大人数で映画を観るのは集中しづらくて苦手なのだ。特に吉川たちは映画を楽しむのではなくみんなで映画を観ている状況を楽しむタイプで、前にも行ったときにいちいち話しかけてきたのが面倒でならなかった。黙って観ようよ、と言っても全然聞こうとしない。ノリが悪いんじゃん？　と笑顔で言われたときには愕然《がくぜん》とした。映画の楽しみ方知ってる？　と思わず言いかけて、飲みこんだ。

お金の無駄。そう思っているのに誘いについて行ってしまうのは、このグループにいることで校内での生活が円滑になるからだ。入学時の浮足立った空気もなくなったいま、新しいグループに入るのはとても労力がいるし、ひとりぼっちなんてありえない。

「みーちゃんって、中学時代はハートのクイーンだったんだって?」

吉川の友人のひとり、小坂佐助《こさかさすけ》に訊《き》かれたのは、映画館の前にあるゲームセンターで時間潰《つぶ》しをしているときだった。

「は?　なにそれ」

コインゲームに興じる江里菜たちをぼんやり眺めていた美月が笑うと、小坂は「不思議の国のアリスの、ハートのクイーンのことだよ。みーちゃんと同じ中学の奴から聞いたんだ。すげえ怖かったんでしょ」と言う。

「意味わかんない。学級委員ならやってたことがあるし、だから仕切ることもあったかもしれないけど。ていうか、ハートのクイーンってどういう意味」

「そりゃあれでしょ。口答えした奴に言うじゃん。『首を刎《は》ねておしまい!』ってやつ」

ああ、と思い出した美月は「やっぱ意味わかんない」と顔を顰めた。

「私、あんな身勝手な独裁者じゃないし」

「またまた。すげえ怖がられてたって聞いたもん、オレ。クイーン伝説もいくつか」

小坂が言うと、手持ちのコインがなくなった江里菜が「まじでー?」と笑う。

「ウチのクラスで美月はすっごく静かで大人しいんだよ。仕切るとかそんなの想像できない。ね、亜美」

江里菜が隣にいた亜美に言うと、亜美は少しだけ困ったように眉を下げて頷《うなず》いた。

「うん。怖くなんかないよ。でも、あたしも美月ちゃんが昔すごく怖かったって噂は聞いたことある。塾の先生を辞めさせたって」

「あ、そうそう。オレもそれ聞いた。集団で囲んで、鬱《うつ》病に追いこんだとか」

「なにそれ、辞めさせたなんてことないよ」

つい、声が尖《とが》った。塾の講師にみんなで意見を言ったことはあるし、その講師が辞めたというのも事実だ。だけど囲むとか、鬱病に追いこんだとか、そんなことはしていない。

「講師の教え方に不満があって、指摘しただけ」

「えー、そうなの？　噂じゃそんな感じじゃなかったけどなー。かんぺき、女王様のエピソードばっかだったよ。みーちゃんの意見には絶対賛成しないといけないとか、みーちゃんを怒らせるとクラスでハブられるとか」

「そんなの、ないってば。大げさすぎる」

多少は、そういう雰囲気があったかもしれない。みんな別々の高校に行ってしまったが、あの当時自分の周りにいた子たちは自分の意見に従いがちだった。しかしそれは、自分の意見、考えが正しかったからだ。美月の言動に間違いがないと思っていたからこそ、みんな否定しなかったはずだ。

だって、否定したひとは、ちゃんと去って行った……。

「ほんとかなー。綺麗で厳しいハートのクイーンのみーちゃん、面白いじゃん」

ひひ、と小坂が笑う。わりと整った顔立ちをしているけれどほっぺたに大きなにきびをいくつも作った小坂に「やめてよー。そういうのじゃないんだから」と冗談めかして答えた美月だったが、意識は別のところにあった。梓は、私のことを女王様だと思っていただろうか。

「あ、そろそろ映画の上映時間だ。行こ」

吉川が携帯電話を見て言い、場所を移動する。グループの一番後ろを歩いていた美月は、笑い声を聞いた気がして振り返った。

観覧車の乗り場前に、栗原がいた。蛍光ピンクのムームーを着たおばあさんがばたばたと手足を振り回していて（踊っているつもりかもしれない）、栗原はそれに手拍子を打ちながら笑っている。

「美月、どしたー……うわ、栗原じゃん」

立ち止まった美月に声をかけた江里菜が、遠くの栗原に気付いた。

「まじでムームーおばさんと一緒にいんじゃん。やっぱ」

「あれ、何してるんだろ」

「さあ？　つーか、恥ずかしくない？」

とりあえず制服脱げって感じ、と江里菜が言う。

明らかに異常なふたり組を、周囲のひとたちが怪訝《けげん》そうな目を向けて通り過ぎていく。江里菜に言われなくとも、栗原と同じ制服を着ている自分がとても恥ずかしいと思った。なんて、情けない子だ。

文句を言いに行こうとして、やめる。もうあの手合いには関わらないと決めたじゃないか。

「うわ、あのブスなに」

呆《あき》れた声がして、見れば小坂が隣に立っていた。

「やっば。すげえブス。そしてとにかくやべえ」

小坂がポケットからスマホを取り出す。カメラを起動するのを見て、美月は「やめなよ」と止めた。

「そういうの、しちゃだめだよ」

「えー、なんで」

小坂が不満げに頬を膨らませる。ぜってえウケんじゃん、あれ。

「盗撮になるから」

そう言いながら、何で分かんないの？　と思う。常識で分かりそうなものじゃないか。

「クイーンなら、さっさと写真を撮っておしまい！　って命令してよー」

「佐助、ばかじゃん。あんな写真撮って喜ぶ女子なんかいないっつの」

江里菜がけらけらと笑った。

「女の子のスマホには、綺麗なものと可愛いものしか入ってないの」

「えー、まじ？　知らんかった！」

「だから佐助はモテないのー。そんなんじゃ、美月に嫌われるよー？」

江里菜が意味ありげに言い、小坂が「うお、それはヤバい」と慌《あわ》ててみせる。それに気付かないふりをして、美月は「映画、行こ」と踵《きびす》を返した。

「待って待って、みーちゃん」

背後で聞こえる小坂の声と栗原の笑い声が重なって、ムカついた。

＊

「ねえ、美月。あんた最近外出しなくなったのねえ」

母の澄恵《すみえ》の声に、美月は読んでいた雑誌から顔を上げた。

「日曜日だってのに、リビングでゴロゴロしちゃってさ。前はもっと、出かけてたじゃない」

江里菜たちとは、自宅が離れていることもあって休日に遊ぶことはほとんどない。わざわざ待ち合わせをしてまで遊びたいと思うほど、彼女たちは美月にとって魅力的ではなかった。いつも男の子と遊ぶことばかりがメインで、ちっとも楽しいと思えない。小坂は美月のことを気に入っているのかしょっちゅう「みーちゃん」と呼んで寄って来るけれど、好きでもない男の子にそういう呼ばれ方をするのは不快でしかなかった。

江里菜たちも、熱心に美月を誘ってこようとはしない。もともとおなじ中学出身の三人でうまくやっているから、美月がいようといまいと困らないのだ。

「高校で友達できてないの？」

「できてる。だから放課後は遊んで帰ってくることもあるじゃん」

「それはまあそうだけど、もしかして表面的な付き合いなんじゃないの？」

澄恵は昔から、カンがいい。美月はいつだって、母にうまく嘘《うそ》をつき通せなかった。何でもお見通しの母の心が嬉《うれ》しいときもあったけれど、いまはただ腹立たしい。

「そんなことないって！　私の好みじゃない男の子とくっつけようとするから、私服では会いたくないの！」

半分は、嘘じゃない。私服で小坂と会いたくないという気持ちだってある。小坂はきっと『みーちゃんらしい』とか『もっと派手かと思った』とか何か言ってくるはずで、それに応《こた》える自分を想像するだけでげんなりする。だから澄恵も信じたらしいが、しかし「変な男の子と付き合ったりしないでよ？」と顔を顰めた。

「分かってる。そういう失敗は絶対にしないから」

村井家には、父はいない。正確には、いるけれど別居中だ。美月が物心ついたころから両親は不仲で、小学校一年生のときに父は外に子どもを作り、出て行った。父は離婚を望んだけれど、美月のために絶対に離婚はしないと澄恵が言い張ったので、父はいま別宅で愛人とその子どもと三人で暮らしている。

男なんて、まったく役に立たない生きものよ。女が生きていく上で大事なのは男からの愛じゃなくて、信頼できる女友達からの友情なの。美月は事あるごとにそう言われて育った。

「私はきちんとした男としか付き合わないつもり」

「そう、それでいいのよ。ああもう、梓と仲直りしてたらこんな余計な心配しなくて済んだのに。美智代《みちよ》もすっごく悔やんでたわよ。あんなに仲が良かったのにどうしてって」

「私じゃなくて梓が勝手に離れて行ったんだって何回説明すればいいわけ？」

雑誌を閉じて、言い返す。何度か、歩み寄ろうとした。いまならまだ許せると言ったこともある。でも梓は頑なに、謝ってこなかった。

「私の方が、あの子とはもう仲良くする気はないの」

「まあ、それならそれで仕方ないけどさ、でもほかにちゃんとしたお友達を作りなさいよ。高校に入って、なんだか輝きなくしちゃったわよ」

前はもっと、毎日楽しそうだったのに。澄恵が心底残念そうに言い、美月はぐっと膨れ上がる苛立《いらだ》ちを堪《こら》える。

毎日が楽しくなくなったことへの焦《あせ》りは、自分が一番感じていた。高校生活に憧れをいだいていたときも確かにあったのに、その瞬間にいま生きているはずなのに、ちっとも心が躍らない。こうじゃなかった、そんなことばかり考える。

「趣味を持つとか、もう少し何か成長できるようなことをしなさいよね。ああそうだ、習い事でもやってみない？　実はね、向こうの子どもは英会話を習ってるって噂《うわさ》を聞いたのよ。私立の小学校を受験するつもりなんだって。美月のときは公立でいいだなんて言っておいて、その差は何って思うのよね。だからさ、いまからでも習い事のお金くらい出してもらいましょう。遠慮することはないの。だって美月こそちゃんとした娘で」

「出かけてくる」

雑誌を放り出して、財布とスマホだけを手に家を出た。

美月が澄恵と暮らすのは、海を見晴るかすことのできる位置に建つマンションだ。土建会社を経営する父は、離婚を望んでいるとはいえ本妻と娘に十分な生活費を出しているので、生活には困らないでいる。このマンションも、個人病院で医療事務として働いている澄恵の稼ぎだけでは到底住めないだろう。

「ママは正しい、んだよね」

澄恵の口から父の家族の話を聞くと、もやもやする。父にはほんとうに大事にしている家庭がある。じゃあ自分の存在こそが間違っているのではないかと思えてしまうのだ。

　しかし、澄恵はそういうことを思わせないように育ててくれた。夫と決して別れず、そして娘のためにきちんとお金を出す——父親としての最低限の義務を果たしてもらっている。それは、澄恵の娘への愛と誠意だと分かっているし、感謝もしている。事情を知らない周囲は、きちんと両親が揃《そろ》った家で裕福に育っている娘だと思っているし、そう扱ってくれる。それはすべて澄恵のお陰で、だからこそ自分という人間を卑下せずに育つことができたと思う。

　でも、別居してから一度も顔を合わせていない父を思うと、果たしてこれでいいのだろうかと考えてしまうのだ。もはや、自分は父にとって大事な存在ではない。責任こそあれど、愛すべき娘ではない。

　中学三年の冬に、美月は澄恵と父が会っているところに遭遇したことがある。具合が悪くなって学校を早退したら、父が家に来ていたのだ。とうとう離婚だろうか、とふたりに気付かれないようにこっそりと盗み聞きした。いつもは快活で力強い澄恵が、『絶対に離婚はしない』と声を震わせていた。あの子に、片親というハンデを負わせたくないの。不便を味わわせたくもない。だから、あなたがどれだけ私のことを恨んでくれてもいい。離婚はしない。私はそちらの小さな子どもより、美月の方が大事なの。

もう許してくれよ。父が情けない声を出す。美月に不自由はさせないよ。大学のお金だって出す。だからもう別れてくれ。おれをタツキの父親にさせてくれよ。あの子はまだ小さいのに、こっちに遠慮しておれのことパパって呼べないんだよ。

『それはあなたが悪いんでしょう!? 私とあなた、どちらが正しいと思ってるの!』

澄恵が叫ぶ。浮気してできた子どもと、正しく婚姻して生まれた美月、どちらを大事にすべきか分かってる? 正しくない子どもを作り、可哀相な子にしたのはあなたのせいであって私じゃない。私は間違ったことを言っていない!

あまりの剣幕にこわごわと窺《うかが》い見れば、澄恵は真っ青な顔をして、震えていた。普段は明るく溌溂《はつらつ》としている澄恵の初めて見せる顔に美月は言葉を失い、父はがくりと肩を落とした。

『お前が正しいのは、分かっているよ……』

ああ、嫌なことを思い出した。美月は頭を振って、自転車に跨《また》がった。澄恵の話を聞きたくなくて外に出てきたはいいけれど、どこに行こう。少し考えて、中学校の仲良しメンバー六人で構成されたメッセージグループに『今日ヒマなひといる?』と書き込んでみた。次に、『Mooonでパルフェでも食べない?』。中学時代の友達と会って話せば、昔の自分に戻れる気がした。澄恵の言う、輝いていた自分に。

すぐにふたり、既読になった。少し後に、三人目。しかし、メッセージは返ってこない。じっと待っていると、『ごめん、今日バイトなの』とひとりからメッセージが届いた。すぐに『あたし、親と出かけてて』『家の手伝いしてるんで、ごめん』と届く。数ヶ月前までは、瞬時に全員分の既読がついて、集合できたのに。中学時代、誰よりも美月にくっついていた加奈子《かなこ》などは、多分このやり取りを見てもいないのだろう。いつまで待っても、全員分の既読はつかないままだった。

『じゃ、今回はもうナシで』

短くコメントを返して、スマホを自転車のカゴに放り込んだ。

ペダルを踏みだし、つまんないなあと美月は思う。何だか、何もかもがうまくいっていない。これまできちんと、当たり前に嵌《はま》っていたパーツがぽろぽろと零《こぼ》れ落ちている気がする。

「いやだいやだ」

口に出してみる。言ったって、どうしようもないのに。

パーツがごっそり落ちている、と知ったのはそれからすぐのこと。門司港駅前までやってきたときだった。

さっき断った子たちと加奈子が、楽しそうに笑いながら駅舎に入っていく姿を見てしまった。小倉《こくら》にでも、遊びに出るのだろうか。軽くメイクをした彼女たちは和気藹々《あいあい》としながら、消えていく。

「みんな、いるじゃん」

ぽつんと呟《つぶや》く。みんな、集まってる。誘ってくれたら、私も一緒に行ったのに。なのにどうして、私を断ったの。嘘までついて。

思い返せば、中学校を卒業してからみんなで集まったことなどほとんどない。あのメッセージグループの書き込みだって、ずいぶんと減った。かつては未読を追うのに忙しいときさえあったのに。

高校が違うから、仕方ないのかもしれない。美月だって、江里菜たちという新しい友人たちができた。でも、だからってこんな風に拒否される意味が分からない。

瞬間、美月の中にすさまじい怒りが湧《わ》いた。自転車を飛び降りて、駅舎に駆け込む。加奈子たちは駅舎内のスタバにいて、オーダーをしているところだった。

「ねえ、ちょっと！」

声を上げると、美月に気付いた加奈子がぎょっとした顔をした。親と出かけていると言った仁美《ひとみ》が「美月！」と悲鳴に似た声を上げる。

「あんたたち、どうして私に嘘つくの」

全員を睨《にら》みつける。

「嘘ついてハブるってどういうこと？　そういうことするからには、理由がちゃんとあるんでしょうね⁉」

ぐっと全員が押し黙る。その中で加奈子が「だって」と声をあげた。

「だって、美月と一緒だと気を遣うんだもん」

は？　と声が出た。気を遣うって、何。

「気に入らないことするとすぐ不機嫌になる。美月がいない方が、あたしたち楽だって気付いたの！」

「そ、そう。美月といるの、しんどい」

仁美が言い、穂乃果《ほのか》が「そうそう」と頷く。

「は？　そんなこと、思ってたの……？」

全員を見回して問うた美月の声は、微《かす》かに震えていた。この震えは、怒りなのか、ただショックなのか、分からない。ただ、足元ががくがくと震えた。店員の綺麗なお姉さんが困ったような顔で美月を見ていた。その目が、憐《あわ》れんでいるようにも見えた。

「美月と離れて、分かったんだよ。あたしたち、支配されることをおかしいと思わなくちゃいけなかったんだって」

腹を括《くく》ったように、加奈子がきっぱりと言った。

「女王様みたいに美月を持て囃《はや》して媚《こ》びるような自分、もう止《や》めたいんだ。だから、もう美月とは一緒にいられない。ばいばい」

媚びる？　媚びられていた？　言葉の強さに言葉も出ない。

やり取りを困ったように見ていた店員に、加奈子が「すみません」と顔を向ける。

「えっと、注文を」

加奈子の態度に、仁美や穂乃果が「あ、あたしも、ごめん」「もう、無理」と言葉を投げて顔を背ける。もはや美月がいなくなったもののように振舞いだしたかつての友人を前に、美月は唇をぎゅっと噛んだ。それから、ゆっくりと背を向けて歩き出す。

あいつらの前で絶対に泣くもんか。

視界が潤《うる》みそうになるのを必死で堪え、悠然を意識して歩く。転がったままの自転車を引き起こし、押して歩く。もしかしたら、誰かが「ごめん」と追いかけてくるのではないかと思ったけれど、そんな声はいつまで経ってもかからなかった。

駅からじゅうぶんに離れたところまで来ると、途端に涙が溢《あふ》れた。どうして、あそこまで酷《ひど》いことをいわれなくてはいけないの。私はそんなに酷いことをしてきた？　私が正しいから、みんな私の意見を尊重してくれたんじゃないの？　違ったの？　媚びるって何。私はそんなこと、望んでなかった。

涙を拭《ぬぐ》いながら、もう嫌だと思う。何もかも、息苦しい。中学校のときには苦しいなんて思いもしなかった。自分の思い描いた通りに毎日が進んで、そこには少しの哀《かな》しみも憂《うれ》いもなかった。

「どうした！」

急に大きな怒鳴り声がして、びくりとして見れば真正面に、赤い三輪車に乗った強面《こわもて》のおじいさん――赤じいがいた。

「めそめそ泣いて、何かあったんか！ どこか痛いか⁉」

ぎ、ぎ、と三輪車を漕《こ》いで赤じいが目の前までやって来る。白いタンクトップに赤いオーバーオール。にゅっと伸びた丸太のように極太の腕と禿頭《はげあたま》はこんがりと日に焼けている。真っ白いひげの顔は怒っているようにも見えた。ぎょっとして「あ、いえ」と声を出す。泣き続けていたせいか、声が驚くほど掠《かす》れた。

「こんなに暑いのに涙まで出してたら脱水症状起こしちまう。嬢ちゃん、飲み物持っとるか？」

訊かれ、首を横に振る。しかし、言われてみたらすごく喉《のど》が渇いているような気がした。涙だけでなく汗もだらだら流れている。

「顔、真っ赤だぞ。いかんな。ああ、テンダネス行こう」

赤じいが顎《あご》で指し示した先に、テンダネスの看板が見えた。

「あ、あの、自分で行けます」

「何を言うとる。嬢ちゃん、あんたそりゃ熱中症寸前だぞ」

赤じいは美月が手で押していた自転車を奪い取り、「これはわしが押すから、嬢ちゃんはあそこまで歩けるか？」と言う。

「あそこのテンダネスにゃ休めるところがある。そこで少し休憩しなさい」

言われて、自覚してしまったからだろうか。頭がくらくらして、足元がおぼつかなくなってしまう。呼吸がおかしい。

「す、みません」

「いいからいいから。ほら、頑張って」

日差しが熱い。ああ、もう夏なんだなあと美月は思う。いつ、夏が来たんだろう。仲の良い子が誰もいない入学式に寂しさを覚えたのは、ついこの間のことだったはずなのに。まるで、私を置いて季節だけどんどん進んでいるみたいだ。

新たな涙がじわっと溢れ、それを手の甲で拭う。「頑張れ、頑張れ」という赤じいの声かけが、少しだけありがたかった。

テンダネスのイートインスペースは、エアコンが効いていて心地いい温度だった。美月は四人掛けテーブルの椅子《いす》に深く腰掛け、赤じいに買ってもらったスポーツドリンクをひといきに飲んだ。水分がからだに染《し》み渡る感覚がある。ふうふうと息を吐くと、赤じいが二本目のドリンクをくれた。

「暑いんだから、帽子くらい被《かぶ》らにゃいかんぞ」

「すみま、せん。ありがとうございます」

落ち着くと、急に恥ずかしくなった。小学生の子どもじゃあるまいし、泣きながら歩いて熱中症になりかけるなんて。しかもそれを、赤じいに助けてもらうなんて。

「あの、ジュース代払います」

「いらんよ。次に使ってやってくれ」

赤じいが言い、美月は首を傾《かし》げる。次に会ったときに返せということだろうか。尋ねると、赤じいは「嬢ちゃんが次に困ったひとを見かけたら、そのひとに使ってやってくれ」と言った。

「こういうのは連鎖すべきだとわしは思うとる。気遣いとか優しさってのはひとの手に渡れば渡るほど、大切にできるんだぞ」

げへへ、と赤じいが笑う。昔から、笑うと時代劇の悪役のような顔になるのを美月は思い出した。小学校のときはこの顔が怖くて、挨拶されるたびに走って逃げた。追いかけられて殺されちゃうんじゃないかと思ったほどだ。でもこうして見ると、愛嬌《あいきょう》があるようにも感じられる。

「……渡れば、渡るほど」

赤じいから空になったペットボトルに視線をやり、美月は呟く。いま貰った気遣いを手渡せそうな顔が、思い浮かばない。

私って、ひとりぼっちなのかもしれない。

寂しくて小さく笑うと、「こんにちはー！」と明るい声がした。

「やー、今日も暑いね。汗だくなのだ！」

「おう、志摩ちゃん。今日はそんな格好してどうした」

赤じいが親し気に話しかける。その相手を何気なく見て、美月は驚いた。学校の体操服姿の栗原がいたのだ。至るところが泥だらけで、首にタオルをかけた栗原は「ツギさんのお仕事見学兼お手伝い！　早朝からカブトムシとクワガタ採集のために英彦山《ひこさん》に行ってきたのだ！」と笑った。日に焼けたのか、頰が赤い。

「志摩はすげえぞ。恒星《こうせい》とそのダチもバイクでついてきたんだけどさ、志摩ひとりで恒星たちの倍は捕まえたんじゃないかな。背中にいるクワガタをノールックで取るんだぜ。気配がするとかっつって」

栗原の後ろから、ぼさぼさの髪にひげもじゃの男がひょいと現れる。こちらはライトグリーンのツナギを着ていた。上半身部分を腰に縛っており、白いTシャツ姿。赤じいの太い腕に比べると細いけれど、しかし引き締まった筋肉質な腕がすらりと伸びている。

どこかで見たような気もするけれど、分からない。どこだっけ、と美月が視線を彷徨《さまよ》わせると、外に停まった軽トラックに『なんでも野郎』というロゴを見つけた。ああそうだ、このひとも時々街中で見かける。廃品回収とかしているひとだ。

あ、なるほど分かった。この間江里菜が言っていたツナギのオッサンは、きっとこのひとのことだ。

「昆虫採集ってまたどうしたんだ」

　赤じいが訊くと、男はぼさぼさの髪を手櫛《てぐし》で梳《す》きながら「学校の先生からの依頼。子どもたちに飼育させたいんだってさ」と言う。手首にはめていたヘアゴムで乱雑に髪をひとつに結わえると目元がすっきりと露《あらわ》になった。思いのほか綺麗な顔が現れて、美月は驚く。口元を覆《おお》うひげを無くせば、相当なイケメンかもしれない。

「すっごく楽しかったのだあ。ってあれ、村井さん？」

　にこにことしていた栗原が、呆然《ぼうぜん》としていた美月に気が付いた。

「うわあ、びっくりした。こんなところで会うなんて！　正平《しょうへい》さんの知り合いなのだ？」

　正平って誰。そう思うより早く、赤じいが「何だ、この子は志摩ちゃんの知り合いか」と言った。

「熱中症になりかけてたんで、ここで休ませてるんだよ」

「クラスメイトなのだ！　熱中症なんて大変。もう平気なのだ？　村井さん」

　栗原が顔を覗《のぞ》き込んでくる。髪に葉っぱがくっついていて、汗臭い。土の匂《にお》いがした。クラスの中で埋没している子とは思えない、圧倒的なパワーのようなものがあった。

「へえ、志摩の学校の友達か。よろしく、ツギです」

　ひげもじゃの男がにっと笑う。白い歯が零れた。

「ど、うも」

挨拶をしながら、栗原を見る。どうしてこのひとたちとこんなに親しげなの、と訊きたかった。このふたりは言わば門司港にいるちょっと変わったひとだ。数ヶ月前に引っ越してきたばかりの子が親しくなるなんて、おかしい。

「村井さんって、この辺りのひとなのだ?」

栗原は美月の戸惑いに気付《づ》いてもいない様子だった。だから「ああ、うん」と答えると、「いいなあ」とため息を吐《つ》く。

「すごく羨《うらや》ましいのだ。あたし、引っ越してきてからいろんなとこ見て回ってるんだけど、ここが一番好きなのだ」

屈託なく栗原が笑う。前歯二本が少し大きくて、リスみたいだと美月は思った。

「正平さんやツギさんがいるし、テンダネスも大好き。テンダネスがあるだけで、九州に越してきてよかったなって思うのだ。特にここのテンダネスは、店長さんや店員さんみんなが魅力的なのだ」

そういえばここどこだっけ。あらためて美月は周囲を見回し、そして一年ほど前に梓とけんかしたところだと思い出した。自分の気持ちを誰よりも分かってくれていると信じていた梓が、他でもない那由多とこっそり会っていた場所。楽しそうに那由多と喋っている姿を見たときどれだけ私がショックを受けたか、梓はきっと分かっていない。父に、外に子どもがいると聞いたときよりも、傷ついた。世界が崩れたような衝撃だった。友情だけは壊れないと、澄恵が何度も教えてくれたはずなのにどうして、と。

そういえばあのとき、赤じいやこの男ツギもいたような気もするけれど、もう覚えていない。真っ赤なペンキをぶちまけられたように、ところどころしか思い出せないのだ。感情が爆発してしまったせいだろう。

「テンダネスってほんとうに素敵なのだ。スイーツが特に美味《おい》しいのだ」

栗原が暢気《のんき》に言う。そんな栗原に、美月は「栗原さんはどうしてここにいるの」と訊いた。

「カブトムシ捕り、だっけ。何でそんなことしてるの」

「面白そうだから」

あっさりと栗原が言って、笑った。

「あたし、面白そうなものを見つけたら絶対にやってみるって決めてるのだ。それで、面白そうだったからツギさんに話しかけて、それで仲良くなってもらったのだ」

「いきなり、友達になってくださいって話しかけてきたんだ。最初はすげえ驚いた」

くすりとツギが笑う。

「いろんなひとと知り合いたいって言うから、次に赤じいを紹介したんだよな」

「そうそう。わしを怖がる子は多いけど、友達になってくださいなんて言う子は初めてだった。志摩ちゃんは好奇心が旺盛《おうせい》ないい子だ」

「志摩自身が、なかなか面白いしな」

男ふたりが言い、栗原は「きっと、楽しいひとと付き合うと、成長するのだ」と胸を張る。それから栗原は美月に「そうそう。村井さんは毎日退屈そうに見えるのだ。どうしてなのだ？」と尋ねてきた。

「教室でいつも、つまらなそうな顔をしてるのだ。どうしてかなって思ってたのだ」

「え……。私のことなんて、全然知らないくせに」

思わず声音が尖った。こちらはつい最近存在を認識したばかりだ。そんな関係で、どうして退屈そうだとかつまらなそうだとかいわれなくてはいけないのだ。しかし栗原は
「毎日同じ教室にいるのだがー？」と小首を傾げた。

「あたしは一度も学校休んでないし、村井さんもそうだよね？　毎日ほぼ六時間授業だし、そうすると結構な長い時間を同じ空間で過ごしているのだ。それに、三日前の木曜日、林先生が朝のホームルームでやけに浮かれていたことも、村井さんは覚えてるのだ？」

ああ、と美月は頷いた。先週、林はどういうわけだかずっと覇気がなかった。どこか元気がなくてしょんぼりしていたのだが、しかし木曜日の朝はニコニコと満面の笑みを浮かべていた。肌にも声にも張りがあって、表情すら違う。先生、彼氏と仲直りでもし

たのー？　と訊いたのは江里菜で、林は「彼氏ではなく、推しから癒《いや》されてきた」というような返答をした。きっとコンサートか舞台にでも行ったのだろうと話したのを覚えている。

「あれが、どうかした？」

「先生の推し、ここの店長なのだ」

くふ、と栗原が笑った。

「先生は、一年ほど前に門司港に遊びに来たときにこのテンダネスにたまたま寄って、店長に一目ぼれしたのだ。先週はずっと店長に会えていなくて、水曜日の夜にやっと会えたのでご機嫌だったのだ」

「はぁ？」

初耳の情報に首を傾げると、赤じいが「わし、知っとるひとかな」と言う。栗原は「三十代くらいの美人さん。黒髪がすごく綺麗で、いつも白いシャツと黒のタイトスカートで」と説明をする。赤じいは「うーん、美人が多すぎるんだよなあ、この店は」と唸《うな》った。

「待って待って、林先生の彼氏がこの店の店長さんってこと？」

彼氏はいないという話だったけど、と美月が問うと、栗原は「ここの店長さんは特定の彼女はいないのだ」と言う。

「先生は、ただのファンなのだ」

「はあ。ただの、ファン」

「あたし、最近ここに通ってるんだけど、しょっちゅう先生を見かけるのだ。それで観察していたら、先生も通っていることに気付いたのだ。先生は熱心な店長ファンで、店長にたくさん会いたいからって門司港に移住も考えているという話なのだ」

意外すぎた。林は色恋なんかで左右されなそうな、どちらかというと男性を振り回す側の大人の女性だと思っていた。なのに、付き合っている彼氏ではなくてただのファンの男性のために引っ越しまで考えるような軽いひとだったの？

「あ！ じゃあもしかしてこの間のホームルーム！」

テンダネスの新商品がどうこうと栗原が言ったときの、林の反応。あれは意味不明なことを言い出した生徒に怒っているのではなく、情報を手に入れた興奮だった？ いやそんなはずがない。

「嘘でしょ。先生がそんな」

「百聞は一見に如《し》かず。見に行くのだ」

栗原が手を差し出してきて、美月はおずおずと手を伸ばした。普通なら、ばかじゃないのと振り払っていただろう。教師の恋愛になんて興味はないし、何なら色恋で仕事の質が左右されていたなんて許せない、と林に対して憤《いきどお》っていたと思う。なのに手を出してしまったのは、きっと自分の心が弱っているからだ。

手を繋《つな》いだまま、イートインスペースから直接つながっている店内に入る。「いらっしゃいませ」とやわらかな声がして、見ればレジカウンターの中にモデルのような男のひとがいた。優雅に微笑《ほほえ》みかけてくるが、しかしちょっと気持ち悪いと美月は思った。よく分からないけれどねっとりしたオーラみたいなものが放たれている、気がする。なに、あのひと。

「ねえ、まさかとは思うけど、あのひと？」

「ピンポンなのだ」

くふふと栗原が笑い、声を小さくして言う。村井さんも、店長さんが苦手な方なのだ？　実はあたしも少しだけ苦手なのだ。すごく優しくてすごく素敵なひとなんだけど、刺激が強すぎるのだ。濃縮タイプのめんつゆを薄めず使った感じっていうか、シャネルの香水を思い切り吹き付けられた感じっていうか、とにかく強すぎるのだ。

「ああ、何となくわかる。梅シロップを原液で飲んだ感じね」

「村井さん、うまいこと言うのだ。先生はああ見えて激辛料理が大好きで、度数の高いお酒をがぶがぶ飲むという噂《うわさ》だから、店長のあの刺激の強い感じがたまらないんじゃないのかとあたしは睨《にら》んでるのだ」

胸を張って言う栗原に、「なるほど、一理ありそうね」と美月は思わず笑う。冷静な大人の女だと思っていた林の意外な一面を知って、少しだけ愉快な気持ちになった。

するとと栗原が「ね？」と顔を覗き込んできた。

「あたしたちは、長い時間、同じ空間で同じひとを見てる。同じひとの話をして、笑いあえる。全然知らないなんて言い捨ててほしくないのだ」

ふわっと、心地よい風が吹いたような気がした。

「あたしは、村井さんのことたくさんは知らないけど、でも知ってることもちゃんとあるのだ。背筋を伸ばして歩く姿がクラスで一番綺麗《きれい》だとか、板書の字が大きくて見やすいとか、そういう他愛ないことだけど、でも知ってるのだ」

前歯をちらりと見せて、栗原が笑う。ピンクの眼鏡がきらりと光った。美月は、栗原を初めて見た気持ちだった。背中を丸めて机に齧《かじ》りついているだけだと思っていた子が、ただの変わったひとだと決めつけていた子が、鮮やかに目の前に存在している。

「さーて、飲み物買おうっと」

栗原はくるりと背中を向けて、ドリンクコーナーに向かう。ペットボトルのお茶を四本取りレジカウンターへ行くところではっとした美月は、それを慌てて追った。志波と名札を付けた店長が栗原に「カブトムシ捕れました？」と訊く。耳の内側をやわらかく撫《な》でていくような、肌が粟立《あわだ》つ声だった。

「それはもう。ツギさんに褒められましたのだ」

「へえ、あのひとに褒められるなんてすごいな」

　くすくすと店長が笑う。目じりに優しい皺《しわ》が入って、悪いひとではなさそうだ。しかしふわふわと何か出しているようで、居心地が悪い。マイナスイオンとかに近いけど、質が全然違う感じのもの。ああ、このひとの近くに長くいると、謎《なぞ》の物質に中《あ》てられてしまう、と美月は後ずさりした。

「……なるほど。このひとなら、林先生の件も納得できるわ」

　思わず呟くと、栗原が「でしょ」と言う。

「あの店長目当てにここに通ってくるひとは相当数いるのだ」

　ペットボトル四本を抱えた栗原と、再びイートインスペースへ戻る。栗原は「はいこれ」とツギ、赤じいにそれぞれ渡した。

「暑いから、たくさん飲んどかないといけないのだ」

「なんだ、別によかったのに」

　ツギと赤じいが言うと、栗原は「いつも買ってもらってるから、お返しなのだ」と返す。

「面白い話たくさん聞かせてもらえるし、楽しい。今日はツギさんにバイト代もらったし、これくらいのお返しは、させてほしいのだ」

「そんな風に金使ってたら、今日のバイト代吹っ飛んじまうぞ」

「お金が欲しくて手伝ったんじゃないから。こっちは、村井さんの分なのだ」

はい、と栗原がペットボトルを差し出してきた。栗原の腕の中で少しだけ汗をかいたペットボトルを前に、美月は「私はもらえないよ」と返す。

「何もしてないもの」

「じゃあ、その……、明日、学校でおはようって言ってほしいのだ」

少しだけ照れたように、栗原が言った。

「できたら、志摩、おはようって。そう言ってほしいのだ」

何それ、そう言おうとしたけれど、栗原の目はとても真面目《まじめ》だった。目が、期待している。美月はその目の力に圧《お》されるように、ペットボトルを受け取った。途端、栗原の目が輝く。

「あっ、ありがとう！」

「大げさ。挨拶《あいさつ》だけでしょ？」

「うん、挨拶だけ、挨拶だけなのだ！」

栗原が笑う。

「そうだ。わしのペットボトル二本分も、それに使ってくれ。二日間、志摩ちゃんに挨拶する、ていうことで」

ふいに赤じいが言い、美月は「え？　さっきは、誰かに返せって言ってませんでした？」と眉根《まゆね》を寄せる。何を急に訳の分からないことを。しかし赤じいは「だって、その誰かが思いつかんのじゃろ？」と言う。

「う……まあ、そう、ですけど」

気付いていたのか。嫌な言い方、と少しだけムッとした美月だったが、栗原が「じゃあ、三日間なのだ」と嬉しそうに言うので、まあいいかと思い直す。しかし変な子だ。挨拶くらい、何だというのだ。

「じゃあ、また明日。私、そろそろ家に帰るね。落ち着いたら、頭痛がしてきたし」

こめかみから目の奥の方にかけて、つきんつきんと突かれるような痛みが出てきた。体調を崩すと、美月は頭痛を起こすのだ。

「すみません、今日はありがとうございました」

ともかくも、助けてくれた赤じいに頭を下げると、「なんのなんの」と鷹揚《おうよう》に笑う。

「気をつけてな」

「はい、どうも」

ツギにも会釈《えしやく》をしてから、美月は建物を出た。強い日差しに少しだけ頭がくらりとする。軽く頭を振ってから、美月は自転車に跨り、自宅へと漕ぎ始めた。

カゴの中に入れたお茶のペットボトルが、かたかたと音を立てる。さっきの栗原の笑顔が思い出された。

「変な、子」

これまで自分が見てきた中でも、とびきり変わった子だ。あんな子が同じクラスにいたのに、どうして興味すら抱かなかったのだろう。

明日はちゃんと、おはようって言おう。それくらいで喜んでくれるのなら、ちゃんと『志摩』って呼んであげよう。美月はそう思いながら、ペダルを強く踏んだ。

その日の晩、小坂から電話がかかってきた。

「番号、教えていないはずだけど」

美月は、親しい友人以外とのSNSやメッセージのやり取りは不毛だと思っている。特に個人の時間は有意義に使うべきで、どうでもいい誰かのために消費するのは無駄だ。だから、友人のそのまた友人、というカテゴリの小坂には何度聞かれてもメールアドレスひとつ教えていなかったのだ。

「江里菜に教えてもらった」

小坂は悪びれずに言い、「いま何してたん?」と尋ねてくる。

「本を読んでたけど」

ほんとうは、ベッドに寝転がってぼんやりしていた。家に帰って加奈子たちと作っていたメッセージグループを確認したら、美月以外の全員がいなくなっていた。『仲良しメンバー』と名前を付けた中に、美月だけがぽつんと残っていて、昼間にもう出尽くしたと思っていた涙がころころ転がりでた。何もここまで徹底して拒否しなくたっていいじゃない……。

しかし、そういうことを小坂には言いたくない。声音が平静であることを意識しながら、傑作だと最近話題になっている小説のタイトルを言うと、小坂は何も気付く様子もなく、「知らねええー。つか、難しそおおお」と大げさに言った。

「なになに、みーちゃんってそういう真面目なところもあるわけ？」

「真面目かどうかは関係ないと思うけど。私は好きで読んでるだけ」

小坂と昔から仲が良い江里菜たちの前では、もう少しやわらかな言い方を心がける。しかしいまは、そういう遠慮はしなくていいだろう。

「ていうか、何の用？」

「え？　ああ。ええと、あのさ、オレたち付き合わない？」

少しだけ照れたように、小坂が言った。

「最近、しょっちゅう一緒に遊ぶじゃん？　みーちゃんすげえかわいいし、いい子だし、オレまじで好きになったんだよね」

小坂の声の向こうで口笛の音が微かに聞こえた。誰かが傍にいる。

「敦と江里菜みたいに、ずっと仲良く付き合えたらいいなーって思ってる。だから、付き合ってください」

ヒュー。また、声がした。いくつか、重なっている気がする。ああ、これはもしかしたら、いやもしかしなくても、私はいま、彼らに楽しまれている。美月は目の前が真っ暗になるような衝撃を受けた。

黙りこくった美月をどう思ったのか、小坂が「みーちゃん？　あれ、もしかしてびっくりしちゃった？」と言う。

「みーちゃん、もしかしてわりと照れちゃってる感じ？　えー、だったらすげえかわいい」

浮かれた声がする。遠くで囃《はや》し立てる声もする。情けなくて、美月の目から涙がころんと転がり落ちた。私は、こんな風に使われていい存在じゃない。こんなことで傷つけられていい存在じゃない。この涙は、あまりにもたくさんのことが重なりすぎて、だから驚いて出ただけだ。

「……だ」

ゆっくりと声を出す。「なに？」と浮かれた小坂の声がした。

「いやだ」

ゆっくり、はっきりと言った。小坂がひゅっと息を呑《の》む。

「え？　いま嫌っつった？　え、どゆこと」

小坂の声が焦る。それに重ねるように「いやだ、いや」ともう一度言う。電話の向こうでやり取りしている気配がして、電話の声が変わった。

「もしもし、吉川だけど。美月ちゃん、どしたん。びっくりしちゃった？」

どこか余裕のある吉川の喋り方が、癪《しゃく》に障《さわ》る。

「佐助さ、まじで美月ちゃんのこと好きなんだって。いっつもへらへらしてっからチャラくみえるけど、一途《いちず》ですげーいい奴《やつ》だよ。だからさ、付き合いなよ」

いい奴ってのはオレが保証する、と吉川が言う。美月は涙を拭い、息を整えて「嫌だって言ってる」と言った。

「私は小坂くんに対して、友達以上の好きを持ってない」

「これから、好きになっていけばいいじゃん？」

「こういう、ひとを馬鹿《ばか》にしたような告白をしたひとのことは、もう好きになれない」

私を軽く扱ったひととは、決して付き合えない。

吉川が「はぁ？」と声音を変えた。

「どこが馬鹿にしてんの？　ダチが告白するってのをみんなで応援して何が悪いんだよ。オレは江里菜に告るとき、ダチが傍にいたぞ」

「江里菜が喜んだから私も喜ぶとは限らないでしょ。私はこういうの、すごく不愉快だ。私がこんな気持ちの悪い告白をされて喜ぶと思ってたんなら、ほんとうに私のこと好きなのかさえ疑わしくなる」

「意味わかんねえ。美月ちゃん、それあんまりにも言いすぎじゃん？」

言い過ぎかもしれない、というのは美月自身分かっていた。八つ当たりも入っている。でも小坂がもっと美月を尊重するかたちの告白をしてくれていたら、こんなこと言わなかった。付き合いこそしないだろうけれど、それでも最大限、できる限りの謝罪をしただろう。

「勝手に電話番号調べてかけてこられるのも、正直嫌。私の許可もなく私の情報がやり取りされたなんて、すごく腹が立つ。悪いけど、付き合えません」

「おい、あんまふざけんなよ。そこまでオレのダチ馬鹿にするんだったら、もう江里菜とは縁切らせっからな」

「小坂くんがこういう告白を私にすることを、江里菜は知ってたんでしょ？　知ってて、傍観してたわけでしょ？　じゃあ別に構わない」

あ。明日から学校でぼっちになる。一瞬そう思ったけれど、しかし言いきってしまった。

「じゃあね」

言って、電話を切る。その途端に、心臓の動きがばくばくと激しさを増した。手の先が微《かす》かに震えている。

「ああ、感情的に言いすぎた」

少しだけ、後悔する。でも、許せなかったものは仕方ない。それに、これから先付き合っていても、彼らはきっといつか、同じような扱いをしてくるだろう。

「さいあく」

スマホがメッセージの受信を告げ、見れば江里菜たちとのメッセージグループだった。流れるように、メッセージが続く。

『ひとの彼氏ばかにすんなし』

『あたし、佐助のこと好きだったからめちゃくちゃ許せない』

『え、亜美それまじ？　佐助のこと慰めてやんなよ。性格ブスにフラれて、佐助絶対傷ついてるよ』

『そうしなよ！　つか美月、まじサイテーだから、あんた』

『明日から声かけてこないでね』

『ほんとそれ。まじもう無理。つか既読無視すんな』

スマホを放って、ため息を吐く。明日、学校に行きたくない。でも、江里菜たちと縁が切れたからという理由ならば、突き詰めれば学校を辞めないといけない。であれば、行かなければいけない。

「何したって言うの」

思わず、呟く。私が何をしたっていうの。

翌日、しくしく痛むお腹《なか》を押さえて、家を出た。自転車を漕《こ》いで駅に行き、電車に揺られる。寝る前に目元を冷やしたつもりだけど、それでも瞼《まぶた》が重たく微かに浮腫《むく》んでいる。傷ついているだなんて、ひとに知られたくないのに。

ああ、学校に行きたくない。

電車を降りたところで、ホームの人込みに目を向けた美月は小さく息を呑んだ。

遠くに、梓がいた。

学校が違うから、こんなところにいるわけがない。どうして。思わず周囲を見回せば、梓と同じ学校の制服の子たちが何人もいた。皆大きなバッグを担《かつ》いでいて、どこか研修にでも向かうのだろうか。

「あずさ」

ねえ梓聞いて。みんな、私にとても酷《ひど》いことをする。私は正しいことを言っているのに、みんな離れていくの。ねえ、どうしてだろう。

『もっと大きな怒りとか暴力でやり返される日が来ると思う』

ふっと、一年前に投げかけられた言葉が蘇《よみがえ》った。梓が変わってしまったことがショックで、どうにかして元に戻りたくて、だから梓から謝ってほしかったあのとき、梓からそう言われた。この期《ご》に及んで何を言ってるの、と頰を叩《たた》きそうになって、でも途中でやめたのは、梓の目がまっすぐに美月を見つめ続けていたからだった。あのときの梓の目に、美月を馬鹿にしたり軽んじたりするものはなかった。心から、美月にそういうことが訪れないことを祈っていた。

誰かと笑いながら話している梓が、どんどん遠ざかっていく。その姿が、潤《うる》んでいく。梓。あのときの梓の祈りは、届かなかった。あのとき梓の言っていたことをちゃんと聞き入れていたら、こんな風にはならなかったのかな。

「ごめん、梓」

人込みに消えていく姿に小さく呼びかけた瞬間、背中にばちんと衝撃を受けた。驚いて振り返れば、江里菜たちがにやにやと笑って立っていた。江里菜が、手にしていたスポーツバッグで美月を殴ったらしい。

「こんなところでぼーっと突っ立って、邪魔！　つか、よく学校来られるねー、図々《ずうずう》しい」

小馬鹿にしたように言って、江里菜が通り過ぎていく。それを追う亜美がくるりと振り返り「あたし、佐助と付き合うから」と笑った。

「顔だけの性格ブスに騙《だま》されなくてよかったって言ってたよ」

「ていうか、そんな可愛くもないでしょ。そういう風に見せてるだけ」

軽やかに、三人が立ち去っていく。ずきんずきんと背が痛む。その痛みを感じながら、ああ、同じことをしていたのかもしれない、と美月は気付いた。

私、同じことをしていたかもしれない。

自分の思い通りにいかない。誰かのその行動に意味を感じない。そんなとき、私は簡単に否定しやしなかったか。声高に、反対しやしなかったか。

いや、していた。強い言葉をぶつけた彼らの事情や思いを何ひとつ考えることをせずにいた。知ってほしければもっと声を出せばいい、と不満を抱いた。

「そっか……。こうして、気付くのか」

自分がその立場に立たされないと分からないなんて、なんて愚かだったんだろう。

教室に入ると、空気がいつもと違った。周囲を見回し、幾人かに「おはよう」と声をかけてみる。みな、気まずそうに顔を逸《そ》らしたり「はよ」と適当に返してくる。いつもなら、もっとにこやかに応じてくれるのに。首を傾《かし》げながら自分の席に着くと、「いじめっこのご登校だー」と囃し立てる声がした。見れば江里菜たちが集まってくすくすと笑っている。

「美月と同じ中学の子たちから聞いたんだけど、まじでいじめの常習だったんだって？美月にいじめられて学校転校した子もいるんだって」

「それは違う！」

那由多は母の実家に越して行っただけだ。でも江里菜は「あんたの認識が違うんでしょ。親の看病で必死のクラスメイトをいじめてたって、聞いた子みーんな言ってた。挨拶強要したり関わるなって言ったりしてたんでしょ。えぐいね」と続ける。

「私はそんなことしてない。挨拶は向こうがしなかっただけで、それで他の子が……」

「ああ、そうそう。美月は、してないんだよね。周りの家来にやらせてただけ、だよね。ハートのクイーン気取りで」

江里菜が隣に立つ亜美に「やっておしまーい」とふざけて言う。亜美は「やだ、ハートのクイーンとかウケる。つか、だっさ」と笑った。

「だから、私はそんなつもりなかったんだってば。周りにやらせてた覚えはないし、そもそも彼女に関しては家の事情とか知らなかったの」

「知らなかったらいじめていいいんだ。へー」

そうじゃない。でも。うまく言葉が出てこない。

周囲を見回す。誰もが、美月と目が合うと気まずそうに逸らした。ああ、誰も私を助けようとはしてくれない。こんな絶望があるなんて、知らなかった。

「いじめなんてどんな理由をつけたって許されるもんじゃないじゃん？　あたしたち、そういうひとは許しちゃいけないと思うから、許さない」

江里菜が言う。その顔も、口調も、どうしてだか自分に見えた。

ああ。これは昔の私だ。

私はこうやって誰かを傷つけてきた。田口さん、ごめんなさい。梓、ごめんなさい。こんなにも辛《つら》い空気の中、あなたたちは顔を上げ続けてたんだね。私はできそうにないっていうのに……。

「村井さん！　おはようなのだ！」

ふいに、能天気に明るい声がした。

見れば、栗原が教室の入り口に立っていた。ぴっと天井《てんじょう》に伸ばした右腕を、耳の横にくっつけている。

「村井さん！　おはようなのだ！」

ぷ、と亜美が噴き出した。沙織が「やっぱ、ウケる」と馬鹿にしたように言う。他のクラスメイトも、笑いだしたいような顔をして栗原を見ていた。しかし栗原はまっすぐに、美月を見ていた。

「あのさ、栗原さん。ちょっといまあたしたち大事な話を」

江里菜が苛立《いらだ》ったように言いかけるも、それを阻《はば》むように「村井さん！　おはようなのだ！」と栗原が大きな声を出す。

栗原の頰が、ほんの少し赤い。目が、訴えかけるようにきらきらしている。ああ、彼女も緊張しているのだ、と美月は思った。この空気の中で挨拶をすることに、どれだけの勇気がいるだろう。

美月は立ち上がり、栗原ほどまっすぐではないけれどひょいと片手をあげた。

「く、栗……じゃなかった。えっと、志摩、おはよう」

栗原の顔が、ぱっと明るくなった。犬が駆けてくるように美月の元に来て、「おはよう！」ともう一度言う。

「よかった！　約束、覚えててくれてた」

「そんな、すぐに忘れるほど、ばかじゃないし」

笑ったつもりだったが、声が震えた。顔も、こわばっている気がする。

ああ、私はいま、この子に助けてもらったんだ。

「えっと、あの……」

何と言えばいいのか、分からない。こういうときは、どうすればいいのだろう。美月が戸惑いながら口を開くと、栗原の顔がさっと曇った。次に意を決したように力強く頷いた栗原は美月の手を取り、「こっち！」とぐいぐいと引っ張りだした。

「栗原さーん。あのさ、あたしらの邪魔しないでくれない？」

不機嫌を隠さない江里菜の声が飛ぶ。美月が顔を向けると、江里菜は「そいつどうにかして」と顎《あご》で示した。

「なんなの、そいつ。ねえ栗原さん、空気読んでー？」

栗原がくるりと江里菜に向き直った。すう、と大きく息を吸ったかと思えば、「そっちこそ読むのだ！」と叫んだ。

「あたしたちはいま、あなたの相手をするつもりはないのだ！」

それは、絶叫、といっていいほどの声量だった。美月は言葉を失い、江里菜は目を真ん丸にしていた。

「行こ！」

栗原は、美月を連れて教室を飛び出した。驚きっぱなしの美月が「え、なに。栗原さん、なんなの」と声をかけるが、栗原は手を緩めない。引っ張られるままに、下駄箱《げたばこ》に行く。そこで靴を履き替えるように言われ、そして美月は校門の外まで連れ出されたのだった。

「待って待って。授業始まるでしょ！」

「そういうのは、どうでもいいのだ！」

焦《あせ》りながら、しかし美月は栗原の手を振りほどけなかった。あのとき、ここから出て行きたいと、ほんとうは願っていた。誰かがこの嫌な空間から助けてくれやしないかと、待っていた。

だから栗原の行動が、嬉《うれ》しくもあった。

小さな公園に辿《たど》り着くと、ようやく栗原が手を放してくれた。空いているベンチに美月を「座るのだ」と座らせ、その隣にちょこんと座る。

公園にいるのは、ふたりだけだった。少し離れたところで、土鳩《どばと》が数羽、ひょこひょこと歩いている。朝の涼しい風が、ふたりの間を通り抜けていった。走って学校を出てきたせいで美月はすっかり汗をかいていて、汗ばんだ肌がやさしく冷やされていく。栗原は、膝《ひざ》の上にこぶしをふたつ作って、それをじっと見つめていた。子どものように薄い肩が呼吸で上下している。

「えっと、あの」

少しの沈黙のあと、美月が口を開こうとすると、それよりも早く栗原が「ごめんなさい！」と勢いよく頭を下げた。

「え？」

「ごめんなさい。あたし、水戸さんの言う通り、空気っていうのが読めない！」

「察するっていうことが、よく分かんないんだ。あと、すぐにパニックにもなる。さっき、村井さんがすごく居心地悪そうにしてて、そして教室から逃げ出したい感じだったから、だから早く連れ出さなきゃって、それしか考えられなくなっちゃったの。ダメだったかな、間違ってたかな。あの、ごめんなさい！」

顔を赤くして、栗原が言う。

「あの、ダメだった？　勘違いしてた？　だったら学校戻ろう。あたし、水戸さんに謝る。先生にも、あたしが村井さんを連れ出しただけだって言う」

おずおずと見上げてくる目が、少しだけ潤んでいる。とても綺麗な目だなと美月は思った。

「……ねえ。私が居心地悪そうに見えたからって、どうしてここまでしてくれたの」

思わず、美月は訊《き》いた。

「昨日少し一緒にいただけだよ。栗原さんが言うように、確かに同じクラスで同じ時間を過ごしはしてたけど、私はまだ栗原さんのことよく知らない。だから、どうしてあなたが私を連れ出してくれたのか、分かんない」

教えて、と付け足すと、栗原はふっと目を伏せた。それから小さな声で「……ほしかったから」と言った。

「友達、ほしかったから」

あまりにシンプルな答えだった。

「友達になるには、そのひとのために何かしなきゃって、思ったから」

答えに驚いた後、ああそうだ、と美月は思い出す。まだとても小さなころ、私もそういう気持ちでひとに接していた。たくさんの友達が欲しくて、たくさんの友達と仲良く過ごしたかった。好かれたくて、そのひとのために何かしなきゃって思った。梓のために私が頑張らなきゃって思った……。

「あたし、ちょっと変わってるっていっつも言われてて、東京では友達いたけど、それはやっとできた友達だったの。きっともう二度と、あんな友達はできない。だから九州に引っ越しなんてしたくなくて、でもお父さんが単身赴任なんてしないって言ったから」

栗原の父は家族第一主義で、そして、家族はいつだって同じテーブルで一緒に食事を取らなければいけないという考えであるらしい。だから転勤の話が出たときに、迷わずに家族全員で転居すると決めた。

「お母さんやお兄ちゃんは、志摩には酷だって言ってくれたんだ。学校で孤立してしまうかもしれないって。だけど、お父さんすごく頑固なの。耳を貸してくれなくて、みんなでこっちに引っ越してきたけど、案の定友達はできない。あたしが話し出すと、みんな苦笑いして、そして離れてくんだ。毎日ひとりぼっちで、誰ともお話しできなくて、すごく寂しかったな。教室でいつもみんなを眺めてたけど、自分が透明人間になったような気がした」

哀《かな》しそうに、栗原が言う。美月は、これまでの教室の風景を思い出す。しかしそこに、栗原の姿はない。きっといただろうに、認識すらしていなかったのだ。全く視界にいれていなかったことに、酷い後悔を覚える。この子の視界にはきっと、私がいたのだろうに。

「でもね、ツギさんに会えて毎日が楽しくなったんだ」

ふっと、声音が明るくなった。

「あのひとに会えて、よかった。世界が変わったんだ」

「どうやって、知り合ったの」

訊くと「あたしが声かけた」と返ってくる。

「小倉駅の新幹線口側にある〝あるあるシティ〟の前に、なんでも野郎ってロゴの入った軽トラックがたまたま停まってたの。そして同じロゴのツナギを着たツギさんが近くに立ってたから、すごく興味ひかれて、どんなお仕事なんですかって訊いてみたの。そしたらツギさん、『なんでもやるからなんでも野郎』って言うわけ。それなら、あたしと友達になってくださいって依頼した」

「え、それ変なひとだったら危ないでしょ」

驚くと、栗原は「藁《わら》にも縋《すが》る思い、っていうやつだねえ」としみじみ言う。

「そんなこと考えもしなかった。ううん、もし変なひとでもいいやっていう気持ちだったのかな。でも、声をかけてよかった。ツギさんは変なひとじゃなくて、濃いひとだったんだ。人間がすごく濃厚だと思う。だから、どんなことを経験してきたんだろうってすごく気になって、いまじゃ夢中。ねえ、どういう生き方をしたら、あんな風になれると思う？　あたしみたいな、水の加減間違えた薄いカルピスみたいな人間があんな風にこっくりした感じになるには何が必要だと思う？」

どこかでスイッチでも入ったのか、次第に、栗原の口調に熱が籠《こも》ってきた。

「あたしね、いま暇さえあればツギさんに張り付いて、彼の経験した話とかちょっとした一言をメモって検証をしてんの。いちいちが深いなあって思う。そんな中でね、もっともっと濃い人間ってのはいるんだぞって紹介してもらったのが、正平さんなんだ。正平さんも、ほんとうに素敵。どうして自称門司港観光大使なのかとか、どういう家族とどういう生活を送って来たのかとか、ドラマティックで夢中になるの。店長さんも気になるけど、あのひとはシャネルの香水だって話したでしょ？　だから、あのひとは香水の似合わない未成年のあいだは避けておこうって思ってる。あと素敵なのは糸子《いとこ》さん。チャチャタウンの辺りをいつも散歩してるオシャレな女のひとなんだけど、元はモダンバレエの先生でね。大女優の演技指導をしていたこともあって」

「ちょ、ちょっと待って」

早口でまくし立てるように話されて、呆然と聞いていた美月は混乱してくる。

「ちゃんと聞くから、もう少しゆっくり話してよ。ええと、結局ツギさんと出会って彼の魅力を知って、そしてツギさんのお陰でもっと魅力的なお友達にも出会えたってこと？」

美月がまとめると、栗原は「おおおー、そう。そういうことなの」と言う。どうやら興奮すると早口になって、そしてあの語尾は忘れ去られてしまうらしい。それが少しだけ可愛《かわい》らしく思えた美月は、内心驚いた。これまでの自分だったら、そんな曖昧《あいまい》な個性に苛々してしまっただろう。忘れてしまうくらいのものなら、やめなよ！　と。

「そう。たくさんのすごいお友達と知り合えたの。のだ。それで、もう友達をあえてつくらなくてもいいなって思っていたんだけど、でもみんな言う同い年の、一緒に濃くなっていける友達も必要だって」

　自分で語尾忘れに気付いた栗原が、たどたどしく言葉を探しながら続ける。いいこと悪いこと、気付きあって反省しあっていくのは同じ年代を生きる友達がいい。だから焦らなくてもいいから探せ。タイミングを見つけたら、声をかけろ。みんな、そう言うのだ。だからあたし、友達をずっと探してたのだ。

　ああ、昨日のあれは、そういうタイミングだったのか、と美月は思う。栗原がお茶を渡してきたのも、変なお願いをしたのも、そういうタイミングを計っていたのだ。そして赤じいの二本分のペットボトルのお願いには、栗原の為《ため》の願いが込められていた……。

「村井さんに会ったとき、正平さんやツギさんが傍にいてくれた。だからきっと、このひとだと思った。そういう運命なんだって」

「……大げさ」

「うん、大げさかもしれない。でも、そう思っちゃったのだ。そして、村井さんはあたしの話をこうして聞いてくれているから、あながち間違いでもないのだ」

へへ、と栗原が笑う。

「ああ、でもやっぱりあたしと友達なんて嫌かな。あたし、喋るだけでみんなに笑われるし、村井さんが恥ずかしくなっちゃうかな」

「そんなこと……」

涙が零《こぼ》れそうになるのを、美月はぐっと堪《こら》えた。ここで泣くのは卑怯《ひきょう》だと思った。

一年前の自分だったら、きっと栗原を『変なひと』だと断罪していただろう。なんでも野郎や赤じいなんかと親しくしているクラスメイトなんて危険だと、責め立てただろう。私はきっと、栗原を排除しようとした。そう、してきた。

でも栗原は私を救ってくれた。その生き方考え方にはどこにも『変』や『危険』はない。一所懸命、毎日を頑張っているだけだ。

「……私、これからあの教室で浮いた存在になると思う」

言わないのは、狡《ずる》い。だから、栗原に言った。

「江里菜たちに嫌われたから。それに、私は昔とても嫌な子だったんだ。栗原さんみたいなひとを……いじめてた」

ぐっと、声が詰まる。認めなくてはいけない。私が田口那由多にやったことは、間違いなくいじめだった。正義という名をつけた剣を突き付けて、笑っていた。

「とても酷いことを、したの。酷い人間なの。だから、これから私はその罰を受けるんだと思う。私と友達になっても、いいことないよ」

堪えていた涙が、一筋だけ流れた。いつの間にか作っていたこぶしが、ふるふると震える。

「……酷いって責められるようなことを一度もしていないひとって、いないよ」

ぽつりと、栗原が言った。

「あたしだって、そう。小学校四年生のときに雑貨屋さんで万引きしたことある。お友達の誕生日パーティに初めてお呼ばれして、プレゼントを持って行きたかったのにお小遣いがなくて、それでお店で練り香水を万引きしたの。せっけんの匂《にお》いのする練り香水だった」

それはすぐに店員に見つかることとなって、学校の担任と母親が呼ばれた。初犯だったこともあり、母とふたりで何度も頭を下げ、二度としないという約束をすることで放免されたと栗原は言った。

「でもね、担任の先生は、情けない、見損なったってものすごい剣幕で怒ったの。最低の行為で、許されることじゃない、とも言われたかな。それは、正しい反応だと思う。だから、あたしは消えてなくなってしまいたいって思うくらい自己嫌悪《けんお》に陥ったの。そして先生と別れた帰り道に、お母さんにも泣いて謝った。そしたらお母さんに、反省したなら絶対に繰り返さないこと、って言われたんだ。たくさんの失敗をして、ときには過《あやま》ちを犯す未熟なものが子どもで、だから一度目は絶対に叱《しか》らない。その代わり必ず後悔と反省をして、二度目はないようにしなさいって。ひとはそうやって大人になるんだから、って」

栗原が、大事な思い出を語ってくれている。美月は黙って耳を傾ける。

「お母さんはあたしを許してくれるの？　って訊いたら、大事なひとの失敗は、一緒に乗り越えなきゃって言ってくれたの」

ふふふ、と栗原が眼鏡の奥の目を細めて笑う。大事なひとの失敗や過ちは一緒に悔やみたい。反省に耳を傾けて、一緒に問題に向き合って、そして二度としないですむよう見守るのよ、って言ってくれたんだ。すごくすごく嬉しかった。

ああ、いいお母さんなんだなと美月は思う。そして栗原は、素敵な親に育てられた子なのだ。

やさしい表情で話す栗原がやけに眩《まぶ》しく見えて不思議に感じていると、栗原が美月のこぶしに自分の手を重ねた。美月よりひとまわり小さな手が、おずおずと握ってくる。

「村井さんがいじめをしていたというのをいま後悔しているのなら、一緒に後悔するよ。もう二度としないようにしようねって言うよ。それじゃだめかな」

いま、この子は私を受け止めようとしている。それが嬉しいのか情けないのか、美月は分からない。こんな風に、誰かに言われたことなど初めてだった。自分でようやく認めることのできた醜い罪を、こんなにも簡単に誰かに受け止めてもらえるなんて、そんな奇跡みたいなことありえるのだろうか。

「私のことなんて知らないでしょう。なのにそんな風に簡単に言わないで。いつかきっと私に呆《あき》れてしまう」

「呆れるって、知ってるつもりだったひとが使う言葉なんだって」

栗原があっさりと言う。正平さんに教えてもらったの。知ってるつもりなだけで本質を分かっていないひとが、思い込みでそのひとを見ていたひとが、その言葉を使うんだって。そんなひとだったなんて呆れちゃう、って。ほんとうにそのひとを見て、知っているひとは言わない。そんな言葉でそのひとの行動を終わらせないもんだって。あたしも、そう思う。

熱に包まれる。小さな手のひらは、とても熱かった。

「あたしは、絶対にその言葉を使わないぞって決めたんだ。だから言わない。それに、村井さんと友達になりたいって覚悟でこうしてるんだもん。呆れたりしない。どこまでも向き合う、ううん、向き合わせてほしい。そういう仲になりたい」

熱い。触れ合う肌がじっとりと汗ばんでくる。こんなこと、臆面《おくめん》もなく言うなんてどうかしている。自分だったら、恥ずかしくて言えない。高校生にもなってこんなこと誰かに言えない。もし私が笑い飛ばすような、ばかにするような子だったらどうするのだ。

そんなことを美月はぐるぐると考えて、でも最後に、嬉しいと思った。こんなに自分に向き合おうとしてくれるひとがいることが、嬉しい。

「……私、多分女王様気質なんだと思う」

小さく言うと、栗原が首を傾げた。

「自分じゃそう思ってなかったんだけど、そういうところ、あるって気付いた。治していきたいけど、でも、もしかしたら栗原さんを支配するような、嫌な言い方とか行動をとっちゃうかもしれない。そういうとき……」

「嫌だって言えばいい？　大丈夫！　あたし、それは得意！」

急に、栗原が明るく言った。

「あたし、そういうのすぐ言っちゃうんだ。むしろ相手に合わせることってのが下手なの。だから村井さんに気を遣って支配されちゃうこともないと思う。ねえ、どう？　あたしとお友達になってみない？　きっと楽しい、ぜ！」

親指で自分を差し、ドヤ、と誇らしそうに言う栗原の顔を、美月はまじまじと見た。熱い言葉を言ってみたり、かと思えば急にテンションを変えてふざけてみたり。こんなにコロコロと変わるひと、初めて見た。

「あれ？　これダメだった？　ツギさんからノリも大事だって聞いたんだけどな」

栗原が、ぱっと表情を変える。おろおろしだした様子を見て、美月は思わず噴き出した。

「こんな風に友達になろうって言われたの、初めてだったから驚いたの。じゃ、よろしく。ええと、志摩」

くすくすと笑いながら言うと、志摩は目を丸くし、それから力が抜けたように笑った。

ピンクの眼鏡の奥の目が、やわらかく弧を描く。

「ひゃあー、よかったあ。とうとう、お友達ゲットなのだ」

「仲良くしましょう」

まるで幼稚園児の会話だ。でもこんな風に、いちからひととの、友達との付き合いを始めてもいいのかもしれない、と美月は思った。私はこれからまた、付き合い方を学んでいける。それはきっと、いいことだ。

「じゃあ、ふたりの友情記念にこれからファミレスで祝杯でもあげるのだ」

「ばかね。学校に戻りましょ。理由もなく早退なんてありえないし、ていうかもしかしたら欠席扱いになっちゃってるかも」

今朝まではあんなに行きたくなかった学校に、ついさっきまでは逃げ出したかった教室に戻れる。大丈夫だ。私はきっと、あの中でも顔を上げていられる。自分がこれまで犯してきた罪と、彼女たちの勇気を思えば。そして罪を受け入れてくれた志摩がいれば。

「えー、ファミレスぅ」

「いいから、戻ろう！」

美月は志摩の手を握り、立ち上がった。そこに確かな温《ぬく》もりを感じながら、駆け出した。

＊

志摩のオススメだという、テンダネスの夏のスイーツ『ソーダパフェ』を、美月は夕食のデザートに出した。

「なに、コンビニスイーツ？　珍しい」

「たまには一緒に食べようと思って」

プラスティックのカップにはブルーが鮮やかなソーダゼリーが満ちている。雲を模したミルクゼリーが浮いていて、飾りの生クリームとグレープフルーツの間にはペンギンの親子のチョコレート。カップの蓋《ふた》を取った澄恵が「あら、可愛い。いまどきのコンビニのスイーツってバカにできないのねえ」と感心したように言う。

「それで、なあに？　もしかしておねだりしたいものでもあるの？」

くすくすと笑う澄恵に、美月は「まあ、お願いごとは、あるかも」と言った。

「あら珍しい。服？　靴？　バッグ？」

「パパと離婚、してよ」

澄恵の笑顔が凍り付いた。

「パパからのお金の援助は、ありがたいと思ってる。続けてくれたらいいなと思う。ただ、向こうの子どものために、離婚してあげたらどうかなと思って」

父が美月のことを愛《いと》しい娘だと思っていないように、美月もまた、父を恋しく思わなくなっていた。生活の面倒を見てくれるのはありがたいことだけれど、その存在を乞《こ》い求めたりはしない。それならば、あのひとを必要としている子がいるならば、自分は戸籍を切り離されて構わない。

「私は、精神的な部分での父親はいらない。ママがいるから、満たされてる。もちろん、ママが言ってることは正しいと思うよ。私のために離婚しないでいてくれているのも、私のために強くあろうとしてくれているのも、知ってる」

伝わるだろうか。美月は必死に言葉を重ねる。

「でも、正しさの陰に苦しんでいるひと、傷ついているひとがいるなら、正しさを主張しなくていいこともあると思ったんだ。だから、離婚してあげてほしい」

澄恵が、美月を見つめる。長い時間が経過してゆく。

「どうして、そういうことを思ったの」

澄恵が問う。美月は、「うまく説明できるか、分からないんだけど」と言い、躊躇《ためら》った。

「……私、正しさのもつ強さとか、それをかざすときの傲慢《ごうまん》さを知ったの。それと、何より、やさしさのペットボトルを繋《つな》げる相手を考えていて、思いついたのが、向こうの子だった」

赤じいのくれた、二本分のペットボトル。繋げてくれと言われたやさしさ。二本分は志摩へと赤じいは言ったけれど、もうそこに使うものではない。ではそれを差し出す相手がいないかと考えたとき、思いつくのは父が『タツキ』と呼んでいた子だった。二本分のやさしさになるかは、分からない。もしかしたら、傲慢な考えかもしれない。でも、動きたかった。渡したかった。

美月と澄恵の間にふたつのスイーツがある。ソーダの海の上で、ペンギンの親子が仲睦《むつ》まじそうに寄り添いあっている。

エピローグ

とても繊細な、儚《はかな》げにも見えるうつくしさをもったひとだった。

来客を告げるメロディが鳴り、レジカウンターの奥でフライヤー商品を並べていた廣瀬太郎は顔を向けた。

「いらっしゃいま、せ……」

思わず、目を奪われた。

うつくしく巻かれた栗色《くりいろ》の髪に、透き通っているような真白の肌。小ぶりな顔に、目や鼻、すべてのパーツが完璧《かんぺき》だと思われる位置に配置されている。質の良さそうなスーツに包まれたからだはモデルのようにすらりと細い。

太郎は、容姿のうつくしい人間には慣れている。フェロモンの泉の精のような男といつも一緒にいるのだ。それに、店長目当てにやって来る客はたいてい、自身を最高の状態に仕上げてやってくるので美女美男が多い。言い方は悪いが、普通の美人など見慣れてしまっていると言ってもよかった。

なのに、いま、目を奪われている。どういうことだ。

入店してきた女性が、太郎の視線に気づくとふんわりと微笑《ほほえ》んできた。年は、二十代後半だろうか。しかし少女のようにも見える幼げな顔に、どきりとする。

「うわ、綺麗《きれい》なひと」

ひゅー、と声がして、見れば一緒のシフトだった中尾光莉がきらきらした顔で女性を眺めていた。

「初めてのお客さんだね。あんなに綺麗だと絶対に覚えてるはずだもん」

「そうすね。なんか、垢《あか》ぬけてるし」

「ほんとだねー。樹恵琉ちゃんといい勝負」

光莉が言い、太郎は「そうすか？」と返す。顔立ちやスタイル、見た目では樹恵琉の方が圧倒的に綺麗だ。あんなに何もかもが綺麗な子はそうそういない。目の前のお客は確かに綺麗だが、樹恵琉には劣っていると言わざるを得ない。しかし確かに、樹恵琉にこんな風に視線を奪われることはなかった。

「なんか、勝負とかとなるとちょっと違う感じがするんすけど」

「えー、そお？」

話している間に、女性はブックコーナーへいく。レジカウンターからは、ちょうど死角の位置だ。

「なんすかね、うまく言えないんすけど、あのお客さんには、樹恵琉ちゃんにはないものがあるっていうか、勝負するには戦う場所が違うっていうか。なんか、すごい妙な感じがするんすよ、あのお客さん」

ぷくす、と光莉が妙な声で噴き出した。何だと思えば、光莉はうひうひと笑いだし、

「なるほどあのタイプか」と納得したように言う。

「廣瀬くんが刺激されるタイプは、ああいう線の細い儚げなひとね」

「はあ⁉」

瞬時に、太郎の顔が赤らんだ。

「竹久夢二《たけひさゆめじ》の絵から抜け出てきたような、繊細で色気が香り立つタイプ。少女のような線の細さと、しかし女の匂《にお》いよねえ。なるほどねえ」

「ちょ、何をノリノリで言ってんすか！」

そんなひとがタイプだなんてまさか。いやでもしかし、かつて夢中になったアイドルや女優たちは確かにそういう感じだったかもしれない。

前の彼女である椿はどちらかというと肉感的で、いまどきのギャルメイクが似合う、美女とは違うタイプだったが、別に容姿に惹《ひ》かれたわけではなかった。そもそも、女性を『好み』『好みではない』という視点をもって分けたこともなかったのだ。しかし気付いてしまうと、思い当たることがいくつもでてきて、どんどん顔が赤くなる。自分も

気が付かなかった性癖を他人に、しかも親と年の近いバイト先のおばさんに指摘されてしまうだなんて恥ずかしすぎる！

「いやあのその」

「だいじょーぶだって、誰にも言わないし。それに、憧《あこが》れるタイプと好きになるひとは別だったりするもんよ。私も永遠の憧れはロミジュリのときのレオナルド・ディカプリオだもん」

うんうん、と勝手に頷《うなず》いて、それから光莉は「しかし、いまの若い男の子はああいう沼みたいな色気のほうにいくのねー……ってやだ、いまのセリフ年寄り臭かった⁉」と盛り上がる。

「何言ってんすか、もう」

光莉のほうが突っ走ってしまったので、太郎はいささか冷静になれた。

改めて女性を見れば、ドリンクコーナーの方へ移動している。急ぎではないのか、ゆっくりと品を見て回っている。細い指がお茶の種類を辿《たど》っているのが見えた。

まあ、ああいうのがタイプって知れてよかったかもな。なるほどなあ。

何がなるほどなのかは自分でも分かっていないが、しかし太郎は感心した。二十数年生きてきて、自分の好みが分かっていなかったというのも不思議な感じだ。いや、それとも好みが完璧《かんぺき》に具現化されたことに感心しているのだろうか。

「しかしあれっすね。オレ、わりと面食いかもしんないすね」

「何、落ち着いて自己分析してんの」

くすくすと光莉が笑う。と、「あ、樹恵琉ちゃん」と声を明るくした。

「あら、私服。今日はお仕事はおやすみなの？」

「そうなんです。夜中までドラマ観《み》てて、いま起きちゃった」

イートインスペースに続く出入り口から、樹恵琉がやって来るところだった。Tシャツにハーフパンツというラフな服装で、長い髪は頭のてっぺんでゆるくお団子に結っている。頬に、布団《ふとん》の痕《あと》がついていた。

「ミツはファンクラブのおばさまたちと日帰りバス旅行に行っちゃってひとりだし、ご飯食べながら続き観ようと思ってるんです。シリーズ制覇するぞー。あ、廣瀬くんもバイトが終わったら一緒に観ない？　ゾンビのやつ。グログロだよぉ」

「見ねえよ」

「あ、もしかして怖がり？」

言って、樹恵琉が笑う。すっぴんの顔はあどけなくて、まだ高校生にも見える。その純粋な笑顔を見ながら太郎は考える。この子は年頃の男を誰もいない部屋に誘うことの危険さが分かっているのだろうか。それともオレなら安心だと油断しているのだろうか。いや、ただただ、何も考えていないだけか。

「しょせん作り物ゾンビだろ、怖くねえよ」

「またまたあ」

けらけらと樹恵琉が笑う。その顔は正しく可愛《かわい》い。けれど、視線が引き寄せられはしないな、と太郎は思う。不思議だ。樹恵琉とお客のあのひとの差は何だろう。しかしそういう太郎の思考をどうやって察したのか、光莉が「樹恵琉ちゃんはこれから知るからよ」と言った。

「この容姿この年で手練手管《てれんてくだ》を覚えてたら、逆に怖いっての」

そうして微《かす》かにドリンクコーナーに視線をやり、「あっちは知ってる、っていうだけのことよ」と付け足す。それに、太郎は言葉を失った。光莉とは長い付き合いになるけれど、こういう察しの良さ、観察力の鋭さはほんとうに侮《あなど》れない。そういえば店長とツギの関係をこのひとが知ったのも、自分よりも遥《はる》か前のことだったという。彼女にはこの店での光景はどう見えているのだろう。

「何々？　てれん？　てれび？」

何も知らない樹恵琉が言い、光莉が「何でもない」と微笑む。

「そんなことより、ドラマ、そんなに面白いの？　ゾンビのって一時期話題になってたやつでしょ。私も観てみようかな」

「めっちゃおすすめですよ！　あたしめっちゃ影響されちゃってて、今度の誕生日プレゼントにはミツにクロスボウ買ってもらおうと思ってるんです」

「クロスボウって、そんなのどうするの」

「ツギがときどき山の仕事を受けるときがあるから、クロスボウ持ってついてくとか？」

「うわー、それツギくんが撃たれちゃうフラグ立っちゃう」

ふたりが楽しそうに話し始める。それを見ていると、「あら！　えるちゃん!?」と弾んだ声がした。

「うわーうわー、どうしてここにえるちゃんがいるの！　久しぶり、ねえわたしのこと覚えてる？」

走り寄って来たのは、先ほどまでドリンクコーナーにいたあの女性だった。頬を赤く染めて「会えるなんてすっごく嬉《うれ》しい」と樹恵琉の腕を掴《つか》む。

「ねえ、わたしよ。神崎華《かんざきはな》。二彦くんと」

「離してください」

さっきまで笑顔だった樹恵琉が、掴まれていた腕を払った。顔も、恐ろしいくらいこわばっている。一歩後ずさった樹恵琉は、「どうしてここにいるの？　信じらんない。あたし、あなたのこと大嫌いって言いませんでした!?　二度と会いたくなかった！」と叫んだ。

「えー。まだ怒ってるの、えるちゃん」

神崎という女性は、くすくすと笑う。駄々っ子を前にしたような、余裕の笑いだった。

しかしそれは樹恵琉の怒りの火に油を注ぐようなものだった。

「怒ってる？　憎んでるんです。あたし、ツギにあんなことしたあなたを絶対に許さない！」

「許さないって。私は感謝されてもいいと思うけどなあ」

「そんなわけないでしょ！」

言うなり、樹恵琉は神崎をどんと押した。

「出て行って！　ここから出て行って！　ここはあたしの大事な場所だから！」

来店を告げるメロディが鳴る。呆然《ぼうぜん》としていた太郎が顔を向けると、仕立ての良さそうなシャツにチノパン姿の男性が顔を覗《のぞ》かせる所だった。男の背後には赤いアルファロメオが見える。

「華、まだ？　お茶買いに寄ったわりに長いけど、どうしたの」

「ああ、ごめんなさい。昔の知り合いに会ったものだから」

何事もなかったように神崎が言い、それから樹恵琉に「ごめんなさいね。突然だったから驚かせちゃったのね」とやわらかく言う。

「でも、また会えてよかった。あなたに会えたのなら、きっとまた二彦にも会えるわね」

「会ってどうするんですか！　絶対に会わないで！」

樹恵琉が嚙《か》みつくように言うと、神崎はくすりと笑った。

「二彦は、そう言うかしら？　男女のことは、しょせん妹には分からないわよね」

小さく囁《ささや》くように言って、優雅に口角を持ち上げる。神崎のその笑顔に、太郎はぞっとした。綺麗だと愛《め》でた花に猛毒があると知ったときのような、薄ら寒い怖さだった。

「ツギは、ツギはそんなこと」

「ブラコンもいい加減にしなさい」

顔を真っ赤に染めた樹恵琉の頰をさらりと撫《な》で、「また来るわ」と神崎が踵《きびす》を返した。

「センセ、待たせてごめんなさい。お話はもう終わったから、行きましょ。それにね、ここ、わたしの好きなお茶がなかったの。次のコンビニに寄ってくれない？」

神崎は軽やかに、男の方へ向かう。男は鷹揚《おうよう》に笑った。

「いいよ。でも、華の好きなお茶がコンビニなんかに置いてるもんかね」

「いつか置いてるところが見つかるわよ。だってコンビニなんて、至るところにあるんだもの」

ふたりが出て行き、自動ドアがゆっくりと閉じる。

「なに、あのひと」

最初に口を開いたのは、光莉だった。

「まるきり、悪女の顔してたけど」

太郎と光莉が、樹恵琉を見る。駐車場をゆっくりと出て行くアルファロメオを睨《にら》みつけていた樹恵琉が「あのひと、ツギのことを傷つけたんです」と食いしばった歯から絞り出すように言った。

「あのひとのせいでツギは……ツギは、好きだったひとを失ったんです」

光莉が息を吞《の》むのが分かった。太郎もまた、心臓が大きく跳ねた。

綺麗なだけではなさそうな、確実に毒を含んだ女性。あのひとはきっと、この店にまたやって来る。

テンダネス門司港こがね村店に、新たなトラブルの風が吹き込んでくるのかもしれない……。

本書は新潮文庫のために書き下ろされた。

新潮文庫最新刊

帚木蓬生著
花散る里の病棟
町医者こそが医師という職業の集大成なのだ――。医家四代、百年にわたる開業医の戦いと誇りを、抒情豊かに描く大河小説の傑作。

藤ノ木優著
あしたの名医2
―天才医師の帰還―
腹腔鏡界の革命児・海崎栄介が着任。彼を加えたチームが迎えるのは危機的な状況に陥った妊婦――。傑作医学エンターテインメント。

貫井徳郎著
邯鄲の島遥かなり（中）
男子普通選挙が行われ、島に富をもたらす一橋産業が興隆を誇るなか、平和な島にも戦争が影を落としはじめていた。波乱の第二巻。

一條次郎著
チェレンコフの眠り
飼い主のマフィアのボスを喪ったヒョウアザラシのヒョーは、荒廃した世界を漂流する。愛おしいほど不条理で、悲哀に満ちた物語。

矢樹純著
血腐れ
妹の唇に触れる亡き夫。縁切り神社の血なまぐさい儀式。苦悩する母に近づいてきた女。戦慄と衝撃のホラー・ミステリー短編集。

J・グリシャム
白石朗訳
告発者（上・下）
内部告発者の正体をマフィアに知られる前に、調査官レイシーは真相にたどり着けるか!? 全米を夢中にさせた緊迫の司法サスペンス。

デザイン　鈴木久美

コンビニ兄弟《きょうだい》2
—テンダネス門司港こがね村店—

新潮文庫　ま－60－2

令和四年一月一日発行
令和六年十一月十五日六刷

著者　町《まち》田《だ》そのこ
発行者　佐藤隆信
発行所　株式会社新潮社

郵便番号　一六二—八七一一
東京都新宿区矢来町七一
電話　編集部(〇三)三二六六—五四四〇
読者係(〇三)三二六六—五一一一
https://www.shinchosha.co.jp

価格はカバーに表示してあります。

乱丁・落丁本は、ご面倒ですが小社読者係宛ご送付ください。送料小社負担にてお取替えいたします。

印刷・錦明印刷株式会社　製本・錦明印刷株式会社
© Sonoko Machida 2022 Printed in Japan
ISBN978-4-10-180228-2 C0193